小学館文庫

八丁堀強妻物語

岡本さとる

JN054637

小学館

目次

八丁堀強妻物語

第一章　千秋

（一）

誰かが自分を呼んでいる。
怒声が響く。
引き上げねばならぬというのに姿を見せぬ自分に、業を煮やしているのであろう。
しかし、己《おの》が体は身動きがとれぬ。
板塀と板塀の狭間《はざま》に挟まり、前にも後ろにも行けなくなったのだ。
――いけない！

背後からひたひたと敵が迫って来た。

焦れば焦るほど、体が言うことを聞かない。

──もはやこれまでか。

絶望に襲われた時。

千秋《ちあき》は目覚めた。

──夢か。

彼女の五体に、冷たい汗が流れ落ちた。

上体を起こしながら、困ったものだと千秋は苦笑した。

以前は何度もうなされたが、このところは見なかった夢であったというのに──。


千秋は、日本橋《にほんばし》通南一丁目の扇店〝善喜堂《ぜんきどう》〟の主《あるじ》・善右衛門《ぜんえもん》の娘である。

歳《とし》は十九。やや下ぶくれの顔は愛嬌《あいきょう》に充《み》ちていて、体つきもふくよかでほのかに丸みを帯びている。

こういう娘は〝ぼっとり者〟と言われて、豊かさを醸すからであろうか、江戸では人気が高かった。

千秋はその上に利口で快活。彼女が傍《そば》にいるだけで心が和む。

「是非うちの嫁に……」

方々の大店《おおだな》から声がかかる町娘が、何ゆえこのような夢を見るのか——。

それには〝善喜堂〟のすべてを知る者以外にはわからない、深い理由があった。

まだ早い内に起床をして、素早く身仕度を整えて朝餉《あさげ》をとり、その後は書見をし、読み書きに励み心を落ち着かせる。そして店の奥に建つ、大きな蔵へと入る。

これが千秋の日課である。

間口が十間《けん》以上あり、徳川《とくがわ》将軍家の御用を務める大店の〝善喜堂〟の娘としては、とり立てて変わったところもない。

しかし、この蔵の中が〝善喜堂〟の秘事であり、謎を物語っているのである。

この日も千秋は重い鉄扉を開けて中へ入る。するとそこは天井の高い武芸場であった。

中では様々な動きを試しつつ、一人の若い男が袋竹刀《ふくろしない》を振っている。

若い男は二十五歳になる千秋の兄・喜一郎《きいちろう》であった。

父・善右衛門の跡を継ぎ、いずれは〝善喜堂〟の主になる身であるのだが、今は質素な木綿の着物を尻からげにして、武芸の稽古に励んでいる。

しかもこれがまた、商人の息子とは思えない身のこなしである。

方々で見られる町道場での剣術の稽古とは違い、右に左に体を捌《さば》き、時に高々と跳躍をして袋竹刀を振り下ろす。

独特の刀法の型である。

「お兄さん、お願いします……」

千秋は小腰を折った。

「千秋か……」

殺気を帯びた喜一郎の表情がたちまち緩んだ。

笑うと、いかにも千秋の兄らしい、穏やかで愛敬のある表情となる。その双眸《そうぼう》の輝きを見ると、喜一郎が妹をいかに慈しんでいるのかがわかるというものだ。

「今日も稽古を付けてくれと？」

「はい」

少し首を傾《かし》げて問う喜一郎に、千秋は言うまでもないことだと返事をする。

「どうしてそのようなお訊《たず》ねを……？」

「いや、親父《おやじ》殿はお前に少しでも好《い》いところに嫁いでもらおうと、婿選びに精を出されているのだ、もうそろそろこっちの稽古はよしにすればどうかと思ってな」

喜一郎は、やれやれという顔をした。

千秋は哀《かな》しげな表情となり、

「やはりわたしは嫁がねばならないのでしょうねえ」

「うむ、おれはお前がいつまでもここにいてくれたら好いと思っているが、そういうわけにはいかぬのが人の世だからな」

「そうですね……。いつまでも家《うち》に、行き遅れた娘がいるのも考えものですからね」

「お前を望む男達は多い。その中でもとびきりよい男と一緒になって、子を生《な》し穏やかに暮らす。それが女の幸せだと思うがな」

「はい……。でも、そのような暮らしが続くと、なかなかお稽古ができなくなりますね」

「そうだな。お前の強さは秘めておかねばならないからな」

「となれば、できる時にしっかりとしておきとうございます」

「〝善喜堂〟の娘、としてか？」

「はい」

「わかった。武芸はどんな時に役に立つか知れぬものだ。よし、かかってこい！」

喜一郎は、にこりと笑って短めの袋竹刀を千秋に手渡したかと思うと、さっと後ろに跳び下がった。

その動作は天狗《てんぐ》のごとき早業に見えた。

千秋もまた、さっと間合を切った。

そして袋竹刀を逆手に持って身構えると、

「えいッ！」

たちまち厳しい武芸者の目となって、喜一郎に打ち込んだ。

ぼっとり者の美女とは思えぬ迫力に、喜一郎はニヤリと笑って、

「よし！　好い打ちだ！」

千秋の一刀を下から撥《は》ね上げ、彼女の足を狙ったが、千秋はこれを楽々と跳躍でかわして、次の攻めを探る。

目の覚めるような立合であった。

しかも二人は特に稽古着を身につけているわけではない。

どこにでもいる町の若者と娘の形《なり》なのだ。

この兄妹、ただ者ではない。

（二）

この不思議を語るには、まず〝善喜堂〟の成り立ちから辿《たど》らねばなるまい。

剣術の流儀として名高い一刀流《いっとうりゅう》の祖は、伊藤一刀斎《いとういっとうさい》であったと言われている。

この一刀斎の弟子に小野《おの》次郎《じろう》右衛門《えもん》忠明《ただあき》という剣客がいて、やがて彼は小野派一刀流の祖となり、柳生《やぎゅう》家と共に小野家は徳川将軍家の剣術指南役を代々務めることになる。

だが忠明が一刀斎の後継者として表舞台に立つに当っては、大きな試練を乗り越えねばならなかった。

同じく一刀斎門下の兄弟子・善鬼《ぜんき》との対決であった。

一刀斎は、弟子二人を決闘させて勝った方に流儀の継承を認めるとしたのである。

その結果、忠明がこれに勝利し、一刀斎は忠明に瓶割刀《かめわりとう》なる名刀を授けて姿を消してしまったと伝えられてきた。

善鬼は決闘によって落命したわけであるが、その実彼は生きていた。

そもそも一刀斎は、山伏《やまぶし》の出で妖剣を遣う善鬼を内心疎ましく思っていて、忠明が善鬼を葬り流儀を継ぐことを望んでいた。

しかし、凄《すさ》まじい決闘を見ると善鬼の腕が惜しくなった。

そして遂に善鬼が忠明に追い詰められたところで決闘を止めて、

「善鬼、お前は今の果し合いで既に死んでいる。だがその剣も新たな術を極めれば大いに役に立とう。この後は陰の武芸指南役として市井にあって徳川家にお仕えするがよい」

と、告げたのである。

この決闘に先立ち、一刀斎は徳川家に請われて小野忠明を指南役に推挙していたのだが、同時に隠密や隠し目付といった、諜報《ちようほう》活動を務める徳川家中の士に武芸を教える〝影武芸指南役〟の必要を問われていた。

御家《おいえ》の流儀は、大小をたばさむ武士のためのものであるが、密偵、間者といった身をやつして役儀に臨む幕臣には、特殊な武芸が求められよう。

いざとなれば無腰でも、その場にあるあらゆる道具を武器に変えて戦う応用力を鍛えねばならない。また、時には忍術を遣わねばならぬ局面への対応も咄嗟《とつさ》にこなさねばなるまい。

これらを指南するのが、〝影武芸指南役〟なのだ。

山伏の出である善鬼には、うってつけであろう。

師に説かれた善鬼は、己が剣の敗北を受け止め、新たな武芸を開かんと励んだ。

山伏として野に伏し山に伏し暮らした経験と、かの役小角《えんのおづの》に通じる修験道《しゆげんどう》、忍術の素養が〝影武芸指南役〟としての新たな道を切り拓かせたのだ。

善鬼は江戸の市井で扇店〝善喜堂〟の主となって暮らした。

そしてここを町の者に姿を変えた、隠密や隠し目付といった徳川将軍家から密命を受けた武士達の繋《つな》ぎ場とし、蔵の中に武芸場を設《しつら》え、彼らに特殊な戦闘法を指南したのだ。

それから二百年以上が経《た》った文政《ぶんせい》十年（一八二七）の今も、〝善喜堂〟の主は代々〝影武芸指南役〟として、将軍家の諜報を密《ひそ》かに支えてきたのであった。

つまり当代・善右衛門の裏の顔は〝将軍家影武芸指南役〟ということになる。

そして息子の喜一郎は、それを継ぐべくして育てられてきた。

千秋も、生まれた時から〝影武芸指南役〟の娘であるという秘事を背負い、それに相応《ふさわ》しい武芸を幼い頃から仕込まれてきた。

〝善喜堂〟の娘達はここに至るまで、一人娘であれば婿をとって店と裏の役儀を継ぎ、その子に託した。

婿は出来の好《よ》い番頭、手代《てだい》から選ばれた。

この店の奉公人達は、身許《みもと》がしっかりと確かめられていて、皆が〝影武芸指南役〟の内弟子としての顔を持っている。

出来が好いとは、商才よりもむしろ武芸の質《たち》なのだ。

しかし、千秋のような兄を持つ身は、〝善喜堂〟の娘として嫁に行くことを許されていた。

ただ、嫁ぎ先では表の顔しか見せられず、夫、子供にさえも己が裏の顔を秘したまま一生を終えねばならない。

さらに、実家に大事があれば裏の顔をもって助力せねばならぬ辛《つら》い宿命をも背負っていたのである。

（三）

〝影武芸指南役〟の娘に相応しい武芸を身につける。

千秋は物心ついた頃から、自分が置かれている立場も、武芸を身につける必要性や理屈も理解していた。

そして、彼女の才は傑出していた。

まだ幼い頃から、身のこなしの軽さ、勝負勘があり、状況判断が大人並に出来る娘を見て、

「いっそ、公儀御庭番《おにわばん》に預け、その道の武芸者として大成させるべきか」

と、父・善右衛門を唸《うな》らせたのである。

善右衛門は隠密行動を務める幕臣達に、町人差し、仕込杖《しこみづえ》、長煙管《ながギセル》、扇、投擲《とうてき》などで身を守る術《すべ》を指南していたが、これに付いて習う千秋の呑《の》み込みの早さには幕臣達も舌を巻き、

「何卒《なにとぞ》、千秋殿に御助勢を願いとうござりまする……」

彼らから何度も要請を受けたものだ。

まだほんの子供であるゆえ、危険なところへ行かすことは出来なかった。

また、千秋の未熟によって幕府の密命に支障が生じてもいけない。

それで、怪しげな屋敷や寺社の偵察くらいならばと、まだ八つの千秋を預けた。

千秋は破れた板塀の僅《わず》かな隙間《すきま》から、廃寺の中へ忍び込み、中で密談が行われているのを突き止めて隠し目付に報《しら》せるという役目を難なくこなした。

その後に数度、童女でなくてはこなせぬ役目を務めた。

やがて十五になると、千秋の武芸の腕は大人の男を容易《たやす》く倒せるまでになっていた。

そうなるとまた請われて隠密の手助けを、嬉々《きき》として務めるようになった。

物売りの娘や、商家の下女、武家の女中、吉原《よしわら》の振袖新造《ふりそでしんぞう》などに化け、不正を企《たくら》む大名家、大規模な抜荷を企む豪商、将軍家直参を笠《かさ》に非道なやくざ者の悪事に手を貸す旗本の懐に入り探索をする。

千秋にとっては、色んな姿に身を変える快感、危険と隣り合せの緊張、時には身についた武芸で敵を翻弄する充実の手応えが、楽しくてならなかった。

何をさせても完璧にこなす千秋を見ていると、武芸の腕は父・善右衛門以上と評判の喜一郎でさえ、

「千秋が男に生まれていたら、わたしは冷や飯食いになるところであったかもしれませんねえ」

真顔で語ったほどである。

それが油断となったわけでもあるまいが、ある日千秋に大きな試練が訪れた。

十七歳の冬のことであった。

（四）

文政八年（一八二五）の九月初旬。

善右衛門へ、老中・青山下野守《あおやましもつけのかみ》から、呼び出しがあった。

〝将軍家影武芸指南役〟は、将軍直属の役目であるが、日頃の命は老中支配となっていた。

それでも、老中直々に将軍家の命が下ることは珍しい。

今回の仕事は随分と危険が伴う難事と思われた。

〝善喜堂〟は将軍家御用達の扇店である。

西御丸下《にしおまるした》の青山家上屋敷への出入りも、既に何度もつつがなくこなしている善右衛門であったが、案に違《たが》わず下野守の表情は険しかった。

「御庭番が、気になることを聞きつけて参ってのう」

下野守の話によると、定期的に江戸市中の様子を探っていた御庭番が、このところ向島《むこうじま》の寮に怪しげな武士が集い、何かの談合をしているとの報告を将軍家にもたらしてきたらしい。

将軍・徳川家斉《いえなり》は、

「泰平に浮かれる世が続くと、このままでは日の本の行く末が危ぶまれる、などと要《い》らぬことを考える者が出てくるものじゃ。となれば、そういう無粋な者共を煽《あお》り、騒ぎを起こし、今こそ我が力が役に立つ時じゃと、しゃしゃり出ようとする者もまた現れよう。この類いが何よりも性質《たち》が悪い……」

と、常々側近の者達に漏らしていた。

それゆえ御庭番には、

「時におかしな者共が、どこぞで集うておらぬか気を配るのじゃ」

と命じていたのである。

「まず、とるに足らぬ者共とは思うが、食い詰め浪人がただ悪巧みをしている、とも思えぬそうな……」

件《くだん》の寮に集う武士達は、立居振舞にも威風があり、いずれも文武に優れているように見受けられるという。

憂国の志士を気取り、泰平に呆《ほう》けてしまった武士の政《まつりごと》に風穴を開けてやろうなどという思想に凝り固まった者達かもしれない。

御庭番が気付いた限りにおいては、志士気取りの総数は二十名足らずである。

幕府の手練《てだ》れを動員すれば、容易く鎮圧出来よう。

しかし、騒ぎが大きくなれば、このような憂国の士に憧れを抱く者も方々で現れるかもしれない。

人心はどこから乱れていくかわからない。

またそのような連中を利用して、幕府転覆を謀らんとする大名も出てくるかもしれない。

家斉はそれを恐れて、切れ者の老中・青山下野守に己が意を伝え、

「そなたのよきにはからえ」

と、命じたのである。

下野守は御庭番と協議して、まずはそっと寮の様子を窺《うかが》い、ここに出入りしている武士達の素姓を確かめることにした。

すると、武士達はいずれも陽明学《ようめいがく》、国学を修める若者達で、剣術にも勝れた浪人の子弟であることがわかった。

中には大名諸家に仕えていたが、致仕《ちし》してこの集いに身を投じた者もいるらしい。

さらにそっと調べてみると、若者達は揃《そろ》って尊王思想を持ち、革命のためなら少々の流血、殺人も止《や》むなしという過激思想を持っていることもわかった。

これまでにも同志間に闘争があり、何人かの行方が知れなかった。恐らく粛清の血が流されたと見える。

下野守は、御庭番の意見を容《い》れ、まず拠点となっている寮に忍び込み、ここに隠されているであろう密書の類いを手に入れ、そこから仲間を特定し、各個捕縛せんとした。

それが何よりも表沙汰《おもてざた》にせぬまま、反乱分子を鎮められるやり方だというのだ。

決行の日は、若者達が一番少ない折《おり》を見はからい、まず潜入に御庭番の方から五名が出張り、思わぬ敵の反撃に遭った時のために後詰《ごづめ》として火付盗賊改方《ひつけとうぞくあらためかた》の精鋭を数人、寮の外へ伏せることとした。

だが、寮への出入りは思うにまかせなかった。

連中も用心深く、外からの人の侵入は制限されていた。

すると、近くの寿司屋の女中だけは、稲荷《いなり》寿司の出前で出入りすることが出来ると知れた。

女であれば、中に入れたとて安全だと考えたのであろう。

そこで、千秋に白羽の矢が立った。

予《あらかじ》め寿司屋を押さえ、千秋を女中に仕立て中へ送り込もうというのだ。

寿司屋の女中が出前に向かうと、木戸門脇の勝手口の扉が開き、ここで中の武士に手渡すのが常である。

しかも扉の向こうには、念の入ったことに二人も立っているらしい。となれば、瞬時に二人の武士を倒し、外に伏せておいた仲間を引き入れるのが何よりである。

寮の塀は高く、忍び返しがついているし、隣の建物の板塀が迫っている。

さらに大屋根には煙出し《けむだ》しのようなものが付いているが、これは物見台のために設えられたと御庭番達は見ていたので、寮の周囲には武装した者が近寄り辛い。

ここは近在の百姓に姿を変え、後詰は合図があるまでは、周りの百姓家に潜んでいるしかなかったのだ。

女中に扮する者は二人を倒した上で、味方が勝手口に殺到する間、扉が閉まらぬよう待機せねばならなかった。

もしその間に敵の仲間が駆けつければ、さらに戦い持ちこたえねばならない。

扉が閉ざされてしまうと制圧に時がかかる。

その間に武士達は密書の類いを燃やすであろうし、仲間が駆けつけ戦闘が膠着するかもしれない。女中に化ける者には相当の腕が求められる。

それを思うと、この役目は千秋の他に務まる者はあるまい。

善右衛門は、この策戦を遂行するに当っての武芸鍛錬を、御庭番から選抜された五名に指南することを下野守から命じられた上で、

「すまぬが、〝善喜先生〟の娘を付けてくれぬかのう」

今や、老中・青山下野守の耳にまで武名が届いている千秋に出動要請が下されたのであった。

「畏《かしこ》まりました」

善右衛門は当然のごとくこれを受けたが、父親としては胸中複雑であった。

千秋ならば、これくらいの仕事はこなすであろうが、今度の役目はいつも以上に厳しい戦闘による危険を伴うものである。

娘の上達ぶりを確かめ、鼻を高くする楽しみは大きいが、

「なまじ武芸の才があったゆえに、うら若き娘が命を張らねばならぬのじゃな」

という不憫《ふびん》がかかるのであった。

（五）

それから一月《ひとつき》後の初冬となったある日に、策戦は決行された。

この間、隠密達は件の寮の様子を窺い、〝善喜堂〟へ町の者の姿で出入りして、善右衛門から寮での戦闘を想定した稽古をつけられた。

無論、その稽古には千秋の姿もあった。

後詰となって寮の周囲に伏せる火付盗賊改方の精鋭に、御庭番五人と千秋の素姓は報されていない。

ことが済めば、実行部隊は消えてしまい、後の処理を任せる運びになっていた。

それからは公儀の意を受けて、火付盗賊改が詮議に当るのだ。

千秋にとっては己が正体を知られぬのが何よりであった。

彼女は父・善右衛門からの命を嬉々として受けた。

日頃鍛えた影武芸の成果を、自分自身で確かめられる好機であったし、それでいて仕事を終えればいつもの扇店の娘としての平穏な暮らしに戻れるのだ。

この策戦の間、自分は〝楓《かえで》〟と呼ばれるらしい。これもまた娘の好奇をくすぐるのであった。

「これ、遊山に行くのではないぞ」

善右衛門は千秋を窘《たしな》め、目付役として息子の喜一郎を部隊に加えた。

既に喜一郎の影武芸の腕は恐るべき冴えを見せていた。この息子に守らせておけば間違いなかろう。これも親心である。

いよいよ迎えた当日は、朝から冬晴れの穏やかな空に包まれていた。

向島は文人墨客が愛する風光明媚《めいび》な地である。

稲荷寿司が入った桶《おけ》を提げた千秋の顔も思わず綻《ほころ》んでいた。

川に囲まれた田園風景を見ていると、〝善喜堂〟がある日本橋界隈《かいわい》の賑《にぎわ》いが嘘《うそ》のようだ。

火付盗賊改方が稲荷寿司屋を押さえ、出前持ちの女中に扮した千秋が寮へと行く。

近在の百姓に扮した御庭番が二人、物売りに扮したのが二人、車力に扮したのが一人。さらに浪人絵師に扮した喜一郎が寮の周囲をゆったりと周回する。

御庭番の調べでは、この日は定例の集会で一味の主要人物が何人も来ているという。

それでも大勢が一度に集まると怪しまれると、寮には十人足らずの浪人達しかいないようだ。しかも時を置いて、一人二人と訪れる用心深さであった。

集会で食されるのが稲荷寿司で、ここに活路を見出すのだ。

寮の木戸門が近づくと、さすがに〝楓〟こと千秋の表情も引き締まってきた。

彼女は出前に来た女中の顔を取り繕って、

「おたの申します。寿司屋でございます……！」

と、木戸を叩《たた》いて声をかけた。

御庭番の調べでは、一味の一人が寿司屋と懇意で、自分達が取りに行くより、女中に持ってこさせる方が、かえって人目につかぬと考えたようだ。

「すぐに参る……」

中から若い男の声が聞こえたかと思うと、すぐに扉が薄く開いた。念のため出前持ちかどうかを確かめんとしたのであろう。

千秋は顔は見せず体を斜めにして、寿司屋の桶がよく見えるように立った。

「ご苦労であった……」

さらに扉が開くと受け取りに来た若い武士と、その向こうに付き添いの武士が見えた。

千秋はその刹那《せつな》、すっと体を中へ入れると桶の柄を瞬時に抜き取り、これを短い木太刀のようにして、無言で応対に出た武士の腹を突いた。

「うッ……！」

武士は鳩尾《みぞおち》を突かれて前のめりになった。

「お、おのれ……」

まさかの出来事に不意を衝《つ》かれ、付き添いの武士は刀に手をかけたが、その時既に千秋は前のめりになった武士の背中を蹴って跳躍していた。

武士は刀を抜いたものの、彼の頭上を跳び越えた千秋は既に背後にいた。

「むッ！」

振り返りざまに一刀をくれんとしたが、この武士もまた鳩尾に突きを食らって、その場に倒れた。

千秋は扉に駆け寄った。

その時、騒ぎに気付いた一味の一人が駆けつけてきた。千秋は手提げの桶に付いていた二本の長柄を素早く外し、敵を十分に引きつけると、桶を旋回させて投げつけた。

これが見事にこ奴《やつ》の顔面を捉え、三人目もその場に崩れ落ちた。

ここまで、あっという間の早業であった。

そして、物売り姿に変装していた二人と、車力姿の一人、計三人の御庭番が扉から中へと連携よろしく雪崩《なだ》れ込んだ。

三人は大八車に忍ばせていた打刀を手にして、たちまち書院に討ち入った。

思いもかけぬ急襲にたじろいだ一味の者達であったが、いずれも腕に覚えがあるようで激しい争闘が繰り広げられた。しかしその時には、敵の混乱に乗じて、残る二人の御庭番が塀を乗り越えて忍んでいて、三人に呼応して刀を揮《ふる》ったのですぐに決着がついた。

寮にいたのは八人で、そのうち千秋に三人までが戦闘不能にされたのだから当然であろう。

この時、千秋は自分の役目を終えて、軽々と塀を跳び越えて路地にいた。

しかし、敵は寮の内だけではなかった。

隣の薬園らしき一棟にも控えていたらしく、路地の向こうに二名ばかりの敵が寮に駆け付けんとする様子が見えた。

だがこれは念のため外を見張っている兄・喜一郎に任せておけばよい、千秋は路地を駆けた。

ところが、ここに思わぬ落し穴があった。

路地の板塀の間が意外に狭かったのだ。

落ち着いていけばすり抜けられたのであろうが、勢いよく駆け抜けんとしたために、隙間に体が挟まってしまった。

何をさせても完璧にこなしてきた千秋だけに、すっかり取り乱して、体を抜かんとすればするだけ動けなくなるのである。

背後からは、

「怪しき女め！」

という敵の声がした。

それと同時に、ひたひたと殺気立った足音が迫ってきた。

捕われの身になったとて、そこから逃げる自信はあったが、今この場で討たれるかもしれない。

それにこんなことで敵の手に落ちるなど、何とも無様である。

千秋は経験のなさによる未熟を思い知らされた。

いっそ舌を嚙《か》んで死んでしまおうと思った時であった。

「楓！　楓！」

と、この策戦における通り名を呼ぶ声がしたかと思うと、背後で争闘の響きがした。

やがて路地は静かになり、

「慌てるな、もう大丈夫だ。ゆっくりと体を抜くが好い。反対から逃げるぞ」

やさしい声をかけてくれたのは、兄・喜一郎であった。

（六）

策戦は見事に成功し、千秋の戦いぶりは大いに評されたのだが、千秋はすっかりと塞《ふさ》ぎ込んでしまった。

寮の周囲は百姓娘に変装し、下見をしてあったし、路地が通りに向かうにつれて狭くなっていくこともわかっていた。

それが挟まってしまうとは、自分の体がだらしなく太ってしまったからではないか。つまり節制を忘れたせいで務めを果せなかったのだと思い込んでしまい、自責の念に悩まされたのだ。

以後、千秋はこの時の夢にうなされるようになった。

兄の喜一郎は、

「お前は十分に御役を務めたではないか。何も気にしなくてよいのだよ。おれはお前に何かあった時は助けるようにと言われて付き従ったのだから、それで〝善喜堂〟の務めはつつがなく果したのさ」

そう言って慰めてくれたし、日頃は厳しい父・善右衛門も、

「お前に油断があったのは確かだが、わたしの娘としては申し分のない働きだ。いつまでもあのような役目を負わすわけにはいかぬのだ。これからは扇店の娘に戻って、穏やかに暮らしてくれたら好い……」

と、千秋を労《ねぎら》ってくれた。

善右衛門にしてみれば、完璧な働きを見せられても、また次の危険な役目が娘を待っているような気がして、それはそれで不安であったのだ。

むしろ千秋が、女としての影武芸に見切りをつけて、大人しくどこぞの商人の倅《せがれ》と一緒になってくれた方が気が休まる。

千秋は悪夢にうなされているらしいが、それもそのうちになくなろう。

ふくよかで愛嬌があり、誰からも好かれる娘でいてもらいたいのは父親としては当然の願いなのだ。

少し塀に挟まったからといって、無理に痩せようなどとは決して思ってもらいたくはない。

千秋はその後も、〝善喜堂〟の娘としての務めであると、蔵武芸場での稽古だけは欠かさずにいたが、少しでも早くよい稼ぎ先を見つけて〝善喜堂〟の外へ出せば、や

がて一人の女房、母として暮らしていくであろう。

それが何よりも幸せではないか。

あまり遠くへ嫁がせても、なかなか顔を見られないので、善右衛門は日本橋界隈でよい縁談を見つけんとした。

千秋の腕を激賞した老中・青山下野守へも、

「いや、畏れ多うございます。扉を開け放ったままではよろしゅうございましたが、その後がいけません。所詮は娘のすることでございます。危ないお務めとなれば、お恥ずかしながらとても任せられるものではございません」

と言って、善右衛門なりに釘を刺しておいた。

しかし千秋はというと、見る回数は減ったとはいえ、件の夢からはなかなか解き放たれぬというのに、嫁入りなどする気にもなれなかった。

その辺りにいるどの侍よりも強い娘である。

一生に一度嫁ぐ相手は、自分の得心がいく男であらねば気がすまないのだ。

敬愛する父が選んだ相手であっても、自分自身が、

「この人ならば……」

と思える殿御でなければ何としよう。

善右衛門は千秋の想いを知って戸惑ったが、妻女で千秋の母親である信乃《しの》は、

「あの子は、武芸のおもしろさに目覚めて、娘らしい恋心を知らぬままにきてしまったのです。人を恋うることがどれほど大事で心地よいかを、せめてわからせてやりとうございます」

きっぱりと言った。

大店の扇店の主にして、〝影武芸指南役〟の顔を持つ偉大な夫に対して、日頃物言うことのない信乃の言葉に、

「なるほど、お前の言う通りだな」

善右衛門は大いに納得して、しばらくの間は娘の思うがままにさせてやろうとした。

婿選びは慎重に行い、いちいち千秋の反応を確かめたのである。

千秋は両親の気持ちがありがたかった。そして、ありがたいゆえにいつまでも我儘《わがまま》は言えないと思われて、

――二十歳《はたち》になるまでには嫁いで、二親《ふたおや》を安堵《あんど》させてあげねばならない。

と、心に決めた。

とは言うものの、なかなかこれという相手は見つからない。

二親を安堵させたいがために、諦めて嫁いで、

——これが女の幸せなのだ。

と、生涯自分に言い聞かせるのはいかがなものであろうか。

時は過ぎていく。

焦る想いを鎮めるためにも、千秋は武芸の鍛錬だけは欠かさなかった。

体を細く引き締めると、あの日板塀に挟まれた無念を忘れられるような気がした。

しかしそうなると、ふくよかで愛嬌のある千秋らしさが薄れてしまうと善右衛門は嘆いた。

この日も、兄との稽古を終えた千秋を見かけると、

「お前はまだ影武芸の上達を求めているのか。あのような危ない役目から離れて、穏やかに暮らしていけるようにと、父は考えているのに……」

〝影武芸指南役〟の娘としての嗜《たしな》みに武芸を身に付けるのはよいが、

「もうあの一件は忘れてしまうのだ」

と言わずにはいられなかった。

「お父《と》っさんのお気持ちはよくわかっています」

そこは千秋のことである。

「ただ体が鈍《なま》らないよう、心がけているだけなのです」

と明るく応え、

「うむ、それなら何も言うことはないが……」

善右衛門の心を落ち着かせたものだが胸の内は千々に乱れていた。

忘れさせてくれる殿御が現れたなら――。

日々願いつつ、千秋は文政十年の春を迎え十九となっていた。

商家の娘らしく暮らし、武芸の稽古の割合よりも、生花や歌舞音曲の類いの稽古事を増やすと、〝あの夢〟は次第に見なくなったというのに今朝はまたもうなされた。

久しぶりのことで、千秋の胸は千々に乱れた。

これが、吉凶何《いず》れにも繋がる前触れのような気がしたのだ。

しかしそれは吉と出た！

昼を過ぎて、常磐津《ときわず》の稽古に出かけた千秋は、その道中に身も心もとろけさせる、生まれて初めての衝撃を覚えることになる。

千秋は遂に出会ったのだ。

悪夢も何もかも吹きとばしてくれる運命の人に。

そしてそれが、血と汗にまみれた千秋の激しい恋の始まりであった。

第二章　柳之助

（一）

千秋《ちあき》が通う常磐津《ときわず》の師匠の家は、葭町《よしちょう》にある。

将軍家御用達の扇店〝善喜堂《ぜんきどう》〟の娘ともなれば、出稽古を望んだとてよいのだが、時に外へ出て世情を知るのは大事だと、千秋は毎度外出《そとで》をしている。

葭町から人形町《にんぎょう》町に出ると、そこは芝居小屋が建ち並び、行き交う人も華やいでいて、千秋はうっとりとした心地になるのだ。

その日も、女中のお花《はな》を供に、日本橋通南一丁目の店を出て、対岸の魚市場の喧騒《けんそう》を避け江戸橋へ。

そこから親父橋《おやじばし》へ出て、渡ったところが葭町の通りとなる。

千秋も十九になっていた。

もう娘の盛りは過ぎている。派手な振り袖姿もためらわれて、良家の子女の格式は保ちつつも地味めな装いで道をいく。

それでも一目見て物持ちの家の娘とわかるゆえ、それなりの危険も伴うものだ。

親父橋を渡ると、袂《たもと》で破落戸《ごろつき》二人の標的となった。

一人は上背のある痩身、もう一人は固太り。

いずれも近頃この界隈《かいわい》で、ケチな強請《ゆすり》を働く鼻つまみ者である。

千秋とすれ違い様、

「あぁ、痛え！　痛えじゃあねえか……！」

固太りがいきなり右足を押さえてその場に屈《かが》み込んだ。すると痩身が、

「おい、どうしたんだい兄弟」

と、大げさに言い立てて駆け寄る。

「どうしたもこうしたもねえや。この娘さんに足を踏まれたんだよ」

「そいつはいけねえや。おい娘さんよう、これから用があるってえのに、どうしてく

れるんでえ」

わざと足を娘の前に差し出して、きつく踏まれたふりをして因縁をつける――。

まったく、よくある強請の手口なのだ。

知らぬと言うのは恐ろしいことだ。

こ奴《やつ》ら二人は、何があっても絡んではいけない相手に難癖をつけていた。

代々市井に潜み、〝将軍家影武芸指南役〟を務める〝善喜堂〟の娘にとって、こんな破落戸が二人で凄《すご》んだとて、小犬に吠《ほ》えられるくらいのものでしかない。

「お嬢様、わたしにお任せください」

お花が千秋の耳許で囁《ささや》いた。

彼女は十六歳。千秋付きの女中であるが、〝善喜堂〟の奉公人は小僧《こぞう》に至るまで、どんな状況でも敵と戦える術《すべ》を身につけている。

このお花も、〝八艘飛《はっそうと》び〟の源九郎義経《げんくろうよしつね》のごとき、身軽にして切れのある武芸を身に備えているのだ。

足を止めて遠巻きに見物し始めた野次馬に気付かれることなく、破落戸二人を地に這《は》わせる自信があった。

「お花、ことを荒立ててはいけません」

何が起こるかわからぬゆえ、この場は恐がっているふりをしておくようにと、千秋はお花をそっと戒めた。

「でもお嬢様……」

「僅《わず》かなお金ですむならそれが何よりです」

小声で話す二人を見て、

「おう、何をごじゃごじゃ言ってやがんでえ！　いってえどうしてくれるんだよう！」

「ああ、痛え！　骨が折れたかもしれねえ！」

破落戸二人は嵩《かさ》にかかって言い立てた。恐怖に何も言えなくなったと見てとったのだろう。

「足を踏んだ覚えはなかったのですが、どうやら怪我《けが》をさせてしまったようです。この場はこれでご了見を……」

千秋はお花に頷《うなず》いた。

お花は渋々、懐紙に小粒をくるんだが、

「金など払うことはねえぞ」

そこに、爽やかな声が響いた。

「だ、誰でい！　今ぬかしやがった野郎は」

痩身が辺りを見廻《みまわ》すと、橋の向こうから、若い武士がやってきた。

髪は小銀杏《こいちょう》に結い、着流しに黒紋付の巻羽織、紺足袋《こんたび》に雪駄《せった》ばき……。

一見して八丁堀《はっちょうぼり》同心とわかる出立《いでたち》である。

この風情が恰好《かっこう》よく、廻り方同心は江戸のもて男であったが、この若き同心はそのほどのよさが際立っていた。

「こ、こいつは旦那……」

固太りが驚いて立ち上がった。

「お前、足は大丈夫なのかい」

言われてまたすぐに押さえた足が左の方で、

「右足を踏まれたのじゃあなかったのかい」

「あ、いや、その……」

「怪我は治ったようだな」

「へ、へい、旦那のお姿を見たら、どういうわけか、痛みがすっと引いてしまいやした」

「そうかい。そいつはよかったぜ。今度見えすいた真似《まね》しやがったら、引っくくって島送りにしてやるから覚えておけ!」

同心は、にこやかな顔を一変させて一喝した。

その途端、二人の破落戸は尻尾を巻いて逃げ去った。

同心は、千秋に頰笑《ほおえ》むと、

「しけた野郎だ。もうこの辺りをうろつくこともあるまい。まず、気をつけてくんな」

そう言い置いて、供の小者を従えて歩き出した。

千秋は、若い同心の様子をうっとりとして見ていたが、

「あの、もし……」

我に返って呼びとめた。

「危ないところをありがとうございました」

「それほど危なくも見えなかったよ。取り乱すこともなく、大したものだ」

同心はどこまでも爽やかであった。

「とんでもないことでございます。わたしは、扇店〝善喜堂〟の娘・千秋と申します」

「ほう、あの〝善喜堂〟の娘か。そんなら狙われやすいや。ますます気をつけておくれ」

「貴方様のお名前をお聞かせ願えますか……」

「礼をしようなんて思っているのなら無用だよ」

「お名前も聞かないで帰ったのでは叱られます。どうか……」

「なるほど、そんなら伝えておこうか。おれは南町の芦川柳之助《あしかわりゅうのすけ》ってもんだ」

「芦川柳之助様……」

柳之助は、にこやかに頷くと野次馬達に、

「皆も気をつけてくれよ」

声をかけつつ立ち去った。

追いかけて心付を渡そうかと思ったが、この凜々《りり》しいお方には、それがかえって無礼に当たる気がして、

「お花、参りましょう」

千秋もまた、お花を従えて歩き出した。

お花は、自分の手で痩身と固太りを叩《たた》き伏せてやりたかったようで、どこか不満げであったが、千秋は終始心ここにあらずという様子であった。

——何と凜々しくて、おやさしいお方でしょう。

千秋の心は、すっかりと芦川柳之助に領ぜられていたのである。

これまで数多くの良縁が〝善喜堂〟に持ち込まれ、千秋を嫁に望む男達は後を絶たなかった。

その中には、品行方正申し分のない、大店《おおだな》の若旦那が何人も含まれていたというのに、千秋はどれを見ても、

——一生添いとげる相手としてはどうも物足りない。

そのような気がして、ついぞ首を縦には振らなかったものを。

よりにもよって、町同心に心を奪われるとは、何たることであろうか。

（二）

この世に一目惚《ぼ》れなど本当にあるだろうか。

心の底から恋うる相手でないと一緒になりたくはない。

かといって、いつまでも〝善喜堂〟の娘として居続けるのも具合が悪い。

——二十歳になるまでには嫁いで、二親《ふたおや》を安堵《あんど》させねばならない。

と誓った千秋である。

十九になった今、刻々とその日は迫ってきているのだ。一目惚れをしたとて、身に

なる相手でないと意味がない。

〝影武芸指南役〟の娘とはいえ、彼女は町人として生きていかねばならない。

町同心に恋などしていられないのだ。

芦川柳之助は、確かに好いたらしい人ではあるが、それは芝居好きの娘が役者に恋をするようなもので、一瞬のときめきに止《とど》めおくべきであった。

しかし、柳之助に出会って以来、千秋の胸の高鳴りは収まらず、いてもたってもいられなくなっていた。

歳《とし》の頃は兄・喜一郎《きいちろう》と同じくらいであったろうか。

ふっくらとした顔立ちに鼻筋は通っていて、笑うと眼尻がやさしく下がる。

容姿もさることながら、悪い奴でもただ乱暴に扱うのではなく、一度目は口で叱るだけにしてやる度量の大きさも、千秋には素晴らしく思えた。

こうなると、理性や女の嗜《たしな》みで自分の気持ちを抑えられなくなってくる。

それが真実の恋であると、千秋は悟ったのである。

常磐津の稽古から店に戻ると、千秋はまず〝善喜堂〟の主《あるじ》である父親の善《ぜん》右《え》衛《も》門《ん》に、この日の顚末《てんまつ》を報《しら》せた。

善右衛門は、千秋とお花が二人いて、その辺の破落戸に後れをとるなどとは端《はな》から思っていない。

娘の身を案ずる想いよりも、扇店の娘が凄腕の持ち主だと人に知れることが気になり、

「そうか。うむ、千秋は分別があってよろしい。そういう時は、少しくらいの金ですむのだから、くれてやればよいのだ」

まず金ですまそうとした娘を誉《ほ》め、

「よいところに八丁堀の旦那が来てくれて何よりであったな」

と芦川柳之助の登場を喜んだ。

「芦川の旦那には、後で番頭を礼に行かせよう」

千秋はここぞとばかりに、

「お父《と》っさんは、芦川様のことをご存知なのですか？」

と、問いかけた。

「旦那かい？　何度かお見かけしたことがあるよ。あのお方はこの辺りを見廻っておいでなのでね」

「どのようなお方なのです？」

「どのような？　お前が見た通りのお人だよ。まだ若くて頼りなげなやさ男というと

ころだが、あれで少しは頼りになるのだねえ。ははは、お上のご威光を背負っているのだから、それくらいは当り前のことだったね」

まるで興がそそられぬといった様子であった。

善右衛門の傍らで話を聞いていた兄の喜一郎も、芦川柳之助を何度か見かけたものの、まるで印象に残っていないという様子で、

「とにかく千秋、そんな奴に絡まれて、よく辛抱したものだな。わたしも気をつけるとしよう」

千秋が柳之助に一目惚れしてしまったとなど、思いもかけぬ様子で、千秋の分別ばかりを称《たた》えたものだ。

千秋は意気消沈して、柳之助への想いを口に出来ぬままその日を過ごした。

ひとつ救いであったのは、母・信乃《しの》が、

「今日は色々と大変だったそうですね。今日のあなたはいつにも増して娘らしさが出ています。町の破落戸も、それゆえおもしろがって寄ってきたのでしょう」

夕餉《ゆうげ》の折にそう言ってくれたことであった。

さりげない言葉であったが。母だけは千秋の女としての魅力が、ただ一日で増したと見てくれていたようだ。

――あの子は、誰かに恋をしたのではないか。

もしやそこまで感づかれているかもしれないと思うと、何やら恐ろしくなるが、娘の変化がよいことか悪いことかの見極めが瞬時に出来る母であるだけに、信乃がそれ以上何も言わないのは心強かった。

千秋の目から見て、そもそも、〝善喜堂〟にいる者は皆一様に、他人に対しての思い入れが薄い。

〝影武芸指南役〟を務める身が店の外の者に深く関わると、余計な情にとらわれて、いざという時に存分な働きが出来なくなる。

その心得が、隅々にまでゆき届いているからだ。

それゆえ、千秋が若い同心風情に心を奪われるとは思ってもいない。

千秋にとってはそれが楽であるが、同時に今の想いを迂闊《うかつ》に口に出来ぬ寂しさもある。

それでもそのような感情すら抱いたことがなかった千秋には、今の自分が新鮮であった。

しかし、千秋の感情の変化を見てとっていたのは信乃だけではなかった。

千秋付きの女中・お花は、どうもすっきりしなかった。

千秋は、芦川柳之助という若い同心が来てくれて助かったと、大旦那、若旦那に報せていたが、

――お嬢様の心の内は、きっと腸《はらわた》が煮え繰り返る想いであったことでしょう。

お花はそのように捉えていた。

正体を見せられぬ己《おの》が立場をわきまえて、千秋は金ですまそうとした。

柳之助が来なかったら、実際お花は、千秋に言われるまま、金を渡していたであろう。

そうすると、あの破落戸は味をしめて、またどこかで同じことをするに違いないのだ。

お花は、側近《そばちか》くで奉公をしているゆえに、千秋の気性を知っている。

ほがらかで、誰に対してもやさしいが、曲がったことが嫌いで、理不尽には怯《ひる》まず立ち向かうのが千秋だと彼女は見ている。

柳之助のお蔭《かげ》で、千秋もお花もあの二人に鉄槌《てっつい》を下す必要はなくなったし、あんな奴らに金をくれてやる愚も避けられた。

しかし、柳之助は破落戸を叱りつけただけだ。それでは、こちらの胸はすっとしない。

「今度見えすいた真似しやがったら、引っくくって島送りにしてやるから覚えてお
け！」
と、一喝したのはよいが、あんな奴らは口で言ってもまたほとぼりが冷めたら同じ
ことをするものだ。
ましてや、逆恨みをして店に迷惑を及ぼすかもしれない。
千秋の恋にもだえる様子を、無理に怒りを鎮めて明るく振舞っていると受け止めた
お花は、すぐに行動を起こした。
用事で遣いに行ったついでに、痩身と固太りの姿を追い求め、数日後、二人が杉森《すぎのもり》
稲荷の辺りでよたっているところを見つけたのだ。
祠《ほこら》の横で二人が喋《しゃべ》っているのをそっと窺《うかが》い見ると、
「まったく、もうちょっとのところで邪魔が入りやがったぜ」
「あの様子だと、二分《ぶ》くれえは出しやがるところだったのによ」
「八丁堀は島送りにするとかうるせえことをぬかしやがったが構うこたあねえや。ほ
とぼりが冷めたらまた狙えばいいぜ。あんな若造、いくらでも言いくるめてやるさ」
あろうことか二人はそんな話で盛り上がっていたのだ。
——よし。

お花は手拭いで頰被《ほおかぶ》りをすると、女用の杖《つえ》を握り締めた。

それは何の変哲もない竹の杖に見えるが、実は鋳物《いもの》で出来ている、細くて頑丈なものである。

そして、しばらくすると、人気《ひとけ》のない祠の陰で鈍い音とともに、男の呻《うめ》き声が響いたかと思うと、すぐにその場は元の静寂に戻ったのである。

(三)

翌日の昼下がり。

千秋はお花を供に、再び常磐津の稽古に出かけた。

「お嬢様、このところ熱心に常磐津のお稽古に通われるのですねえ」

「近頃お稽古が身についたようで、浄瑠璃が楽しくて仕方がないのよ」

「そんな風にも見えませんけどねえ」

「そう?」

「前は、朝の内に習うのがよいと仰《おつしや》っていましたが、このところはいつも昼下がりにお稽古にお出になる……。お嬢様は、この時分なら親父橋を渡ったところに、誰かが来るのではないか……、などとお思いになっているのでは……？」

お花は、先日破落戸二人に絡まれたところに差しかかると、丸みを帯びた愛らしい鼻を少しふくらませた。

千秋はどきりとした。

まったくその通りである。この時分にこの辺りを通れば、あの人に会えるのではないかと思っていたゆえ、習いごとの時刻を昼下がりに変え、常磐津の稽古など、さのみ好きではないのだが、親父橋界隈を歩く口実にしているのだ。

千秋は動揺をさとられまいと、

「誰か来るというの？」

こともなげに言った。

「あの、破落戸でございますよ」

お花はニヤリと笑った。

千秋は思いもかけぬ応えにたじろいだ。

「破落戸？」

「左様でございます。先だっては八丁堀の旦那に邪魔をされて逃してしまいましたが」

「これ、邪魔をされたなどというものがありますか」

「でも、お嬢様は、今度見かけたら痛い目に遭わせてやろうとお思いなのでしょう」

お花はとんでもない勘違いをしているようだ。

「お花……」

「ご案じなさいますな。この花がしっかりとけりをつけておきましたから」

「なんですって……?」

お花は、痩身と固太りを杉森稲荷の陰で痛めつけてやったと千秋に語った。

お花とて、杖《じょう》術、棒術、小太刀《こだち》、十手《じって》術など、一通りの武術は身に備えている。

件《くだん》の鋳物の杖で、まず痩身の足を払い、こ奴を転がせておいてから、固太りの右手首を丁《ちょう》と打ち、その骨を砕いてやった。

さらに起き上がった痩身の肋《あばら》を数本叩き折り、固太りの右足の甲を打ち、しばらくの間は人の前に右足を出せぬようにして、素早く姿を消し去ったのだ。

「何ということをしたのです!」

千秋はそれでは芦川柳之助が二人を戒めて逃してやった意味がないではないかと、お花を叱りつけた。

「そもそも、あの鋳物の杖は、軽々しく持ち出してはならないはず」

あのような物を手にすると、それを使いたくなるというもので、もしも二人を打ち据えているところを人に見られたら、おかしな風聞が立つではないかと、千秋の叱責はなかなかに厳しかった。

お花は口をもごもごさせて、言い訳をしようとした。

人に見られるような失敗《しくじり》はおかさない自信はあるし、相手が自分の顔を見る隙《すき》も与えず、一瞬にして叩き伏せたのである。

あのような〝女の敵〟をのさばらせると、どこで何をするかわからないのだ。

「お嬢様……」

やっとのことで言葉を発しようとした時、いきなり千秋の顔が穏やかでやさしく、かつ艶《あで》やかなものに変わった。

小首を傾げるお花の目に、南町奉行所の同心・芦川柳之助の姿が映った。

「これは芦川様……」

千秋はしっとりとした細い声で、柳之助に頭を下げた。

――声まで変わった。

お花は唖然《あぜん》としたが、千秋はまるでお花には見向きもせず、

「先だっては、あわやというところをお助けいただきまして、ほんにありがとうござ

います」

楚々《そそ》とした風情で言ったものだ。

千秋があわやというところとは、十人くらいの手練《てだ》れに囲まれた時を言うべきものではないか——。

お花は目を丸くしたが、

「おお、いつぞやの、〝善喜堂〟の娘か」

柳之助には千秋の正体などわからない。労《いたわ》るように言葉を返した。

——覚えていてくれた。

千秋はうっとりとして、

「左様にございます。千秋にございます」

「うむ、そうであったな。その後は、おかしな連中に絡まれたりはせぬか」

「はい、お蔭さまをもちまして……」

「そうかい、それは何よりだったな」

「改めましてお礼を申し上げようと思いながらなかなか叶《かな》いませんで、ご無礼をいたしております」

「ははは、そなたの店の番頭が、わざわざ礼を持って訪ねてきてくれた、この上気遣いなど無用だよ。そもそもおれがおかしな野郎を追い払うのは当り前のことだからな」

柳之助は、先日同様の爽やかな笑みを浮かべたが、千秋を前にして少しはにかんでいた。

誰からも好かれる千秋である。

若い同心である芦川柳之助の心も、揺り動かしたようだ。

「まあ、何か困ったことがあったらいつでも言っておくれ。と言っても、大店の〝善喜堂〟となれば、おれなど頼らずともことは足りるだろうが……」

「ありがとうございます」

声を弾ませる千秋を眩《まぶ》しそうに見ると、柳之助はこの日もまた小者を引き連れ、足取りも軽やかに去っていったのである。

（四）

それから、千秋は夢心地であった。

以前会った時とは印象が変わるかと思ったが、まったくそうではなかった。

会いたくて会いたくて心の中がうずうずとしていた柳之助は、

——あの時はこう思ったけれど、再び会って話してみると、それほどでもなかった。

というところが毛筋ほどもなかった。

むしろ、話し方、仕草、声などに新たな魅力の発見があり、一目惚れがどんどん積み重なっていくようだった。

これはもう、どう考えても恋であった。

お花は柳之助の登場によって、千秋の叱責からは逃れられたが、上機嫌のお嬢様を冷めた目で見ていた。

「お嬢様が、姿を求めておいでだったのは、あの馬鹿な二人ではなくて、旦那の方だったのですね」

つまらなそうに彼女は言った。

「姿を求めていた？　おかしなことを言うものではありません」

千秋はぴしゃりと言うことで、自分の気持ちを引き締めた。

お花は千秋付きの女中だが、千秋は何ごとにも物怖《ものお》じせず、手足となって動いてくれる彼女をかわいがっていた。

主従ではあるが、若い娘同士で友達のようなところもある二人とはいえ、今はまだ自分の芦川柳之助に対する恋情は知られたくなかった。

「申し訳ありません……」

お花は首を竦《すく》めつつ、

「芦川の旦那と出会って、何やら嬉《うれ》しそうでしたから」

窺うように千秋を見た。

「そりゃあ嬉しいでしょう。先だってお世話になりながら、そのままになっていたわけだから」

千秋は澄まし顔で応える。

「まあ、義理堅いお嬢様のことですから、一言お礼を言っておきたいというお気持ちはわかりますがね」

お花の口ぶりでは、千秋が柳之助に恋をしてしまったことに彼女はまるで気付いていないようだ。

父と兄同様、お花も柳之助をまったく買っておらず、まさか千秋が町同心に恋をするなど端から思っていなかった。

江戸では町のもて男の同心とはいえ、三十俵二人扶持《ににんぶち》の軽輩で、将軍家御用達の扇店の娘が相手にする男ではないのだ。

千秋にはお花の胸の内がわかる。ほっとする反面、自分の恋をけなされているわけだから、腹だたしくもある。

だがお花はまだ子供で、そんな機微もわからず、

「番頭さんがお礼の品を届けたわけですから、気になさらずともようございますよ」

と、柳之助について語り始めた。

「あの破落戸を叱りつけただけですませたのはどうかと思いましたよ。そっと二人が話しているのを聞いていたら、悔い改めようとする気配などまるでなくて、ほとぼりが冷めたらまた狙えばいいぜ。あんな若造……」

「何ですって?」

「これはあの二人が言ったんですよ」

「あの二人が……」

「はい。あんな若造、いくらでも言いくるめてやるさ……」

「お花、よくぞ叩き伏せてやりましたね」

「わかってくださいますよね」

「そんなことを言っていたのなら、わたしだって黙っていられません」

「そうでしょう」

惚れた弱みとはこういうことなのか。千秋は、柳之助を馬鹿にする輩《やから》は許せなかった。

だが、お花は千秋の想いなど知る由もなく、

「まあ、それでちょいと痛い目に遭わせてやったというわけなんですがね。あの旦那も、生ぬるいことをするからなめられるのですよ。若くて爽やかなのは好《い》いですが、わたしにはどうも頼りなく見えますよ……」

と、芦川柳之助をこき下ろし始めた。

せっかく再会して、うっとりとした一刻《ひととき》を過ごせたというのに、このお花までが恋うる相手の柳之助に素っ気なく、こき下ろすとは何ごとか。

千秋は夢から現《うつつ》に戻された気がして、次第に機嫌が悪くなり、

「お花、今日はどうも喉の調子が悪いから、お稽古に行くのは止《よ》しにします」

低い声で言った。

「え？　風邪でもおひきになりましたか」

「そうかもしれません」

「つい今しがたは、芦川の旦那に、鳥がさえずるような声で話しておいでしたが？」

「あれは無理をしていたのです。浄瑠璃を語るとなると随分喉を使いますからね。わ

たしはこれから、〝よど屋〟の叔父さんのところで、少し休ませてもらってから帰ることにします」

「え？　〝よど屋〟さんで？」

「はい。だからお前は、お師匠のところへ行って断りを入れて、一刻《いっとき》ほどしたら迎えにきておくれ」

「はい、承知しました……」

お花は不審な目を千秋に向けたが、

「その間は、これで遊んでおいで」

千秋が小遣い銭を握らせると、

「ごゆっくりお休みになってください」

ぱっと顔を綻《ほころ》ばせて走り去った。

「まったく調子の好い子ですね」

千秋はしかめっ面で見送ったが、快活な千秋にとって、付き添いの女中はあれくらい調子よい方が、かえって気楽であった。

常磐津の稽古を休んだことについても、適当に口裏を合わせてくれるであろう。

千秋は踵《きびす》を返すと江戸橋へと向かった。

常磐津の稽古に熱心なのは、芦川柳之助に会えるかも知れないと思うゆえ。

会ってしまえば、稽古に身など入らない。

ここは一旦、叔父のところへ行って、この興奮を鎮めたかった。

叔父というのは善右衛門の弟で勘兵衛《かんべえ》という。

江戸橋で船宿をしているのだが、未《いま》だに独り身を貫く、四十手前の風流人である。

もちろん、〝影武芸指南役〟の弟であるから、武芸は一通り身に付けている。

この船宿は〝よど屋〟といって、隠し目付や隠密の類いが密《ひそ》かに用を務める際には、大いに役立っていた。

〝善喜堂〟の出城の役割も果しているのである。

千秋は、叔父である勘兵衛が子供の頃から大好きであった。

忍術、水術を学んだのは主にこの叔父からで、千秋を大いにかわいがってくれた。

情報通で市井に通じているので、町の珍しい話などをよくしてくれたものだ。

「お前の親父殿、おれの兄さんは、やさしい男だが、四角四面でつまらねえ。まあ、〝善喜堂〟の主ともなれば、お上の御用を務めねばならねえから無理もねえが、千秋にはおもしろい毎日を送ってもらいてえ。何かあったら、この叔父が相談にのるぜ」

二人でいる時はそれが口癖で、かつて公儀の隠密の御用で、狭い壁の狭間《はざま》に体を挟

んでしまい、危うく敵の手に落ちかけた時は、

「兄貴の喜一郎が助けてくれたんだろう？　あいつにも好い恰好させてやらねえとなあ」


後でそんな風に笑いとばしてくれて、随分と気が紛れた。

「勘兵衛の言うことなど、真に受けるんじゃあないよ」

善右衛門は、気儘《きまま》に生きる弟に顔をしかめるが、勘兵衛は好い加減なようで万事抜かりなく影の仕事で兄を助け、日頃からあれこれ情報をもたらしてくれるので、千秋が船宿に遊びに行くことは大目に見ていた。

千秋が勘兵衛を慕っていることをわかっていたからだ。

船宿の腰高障子は開け放たれていた。

折曲がりになっている土間に一歩足を踏み入れると、座敷の衝立《ついたて》の向こうから、いきなり勘兵衛が顔を出した。

「ふふふ、お前が来るとすぐにわかる」

千秋がかわいくて仕方がない勘兵衛は、若い商家の娘が近づいてくると、

——さては千秋か。

まず確かめておいて、驚かせてやろうと、あらゆるところから顔を出すのだ。

それがいつも不思議でならなかったのだが、

「ふふふ、まず気配を覚えるのさ」

勘兵衛は得意気に応えるのだ。

「ちょっとの間、休ませてもらおうと思って」

千秋は病人の顔をしてみせたが、

「病にかかったふりをして、習いごとを怠けようという魂胆かい？」

勘兵衛はニヤリと笑った。千秋のことは何でもお見通しなのだ。

「さすがは叔父さん。聞きたいことがあって……」

千秋は素直にそれを認めて、奥の一間《ひとま》へと上がった。

勘兵衛は大喜びで、女中に茶菓子を持ってこさせると、すぐに下がらせて、

「あまり人には聞かれたくない話のようだな」

これもまた言い当てた。

「南町の、芦川柳之助というお人なんだけど。叔父さんは知っている？」

勘兵衛の前で隠しごとはしないのが、千秋の常である。まず問うてみた。

「芦川柳之助……。ああ、あの若い、人のよさそうな」

「知っているの？」

「知っているさ。この辺りを廻っている旦那のことは、ようく知っている」

たちまち千秋の表情が華やいだ。

ふくよかな彼女が満面に笑みをたたえると、それだけで一間が花園のように明るくなる。

「歳は二十四、まだ独り身だ」

こんな時、勘兵衛は何故《なぜ》そんなことを問うのだとは訊《たず》ねず、いきなり話しだす。

千秋は自分でも恥ずかしくなるほど、顔を朱に染め目を見開いた。

まだ独り身――。

この一言を聞けただけでもありがたかった。

「半年ほど前に親父殿を亡くされたばかりでな。見習いから跡を継いで定町《じょうまち》廻りになった」

なるほど、それゆえに若さもあって爽やかだが、まだ同心としては、今ひとつ頼りなさを覚えるのであろう。

「やっとうの方は一刀流を修めている。腕がどこまで立つかはしれぬが、そう捨てたものでもないような」

千秋はひとつ頷いた。

叔父がそう言う限りは、柳之助は爽やかさだけが目立つ若造ではなかろう。

武芸を修めている千秋には嬉しい。

「それと、おれは、ふくよかな娘が好みだ……、などと言っているのを聞いたことがある」

――わたしだ！

千秋の柳之助への想いはますます強くなった。

勘兵衛は、千秋が芦川柳之助に恋をしていると察した。

千秋にもそれが露見することはわかっていたが、善右衛門も喜一郎もお花までが芦川柳之助という男を認めず、千秋があれくらいの者に心を奪われるとは思ってもいない。

それが何とも口惜しかった。

勘兵衛なら、柳之助のよさを見つけ出し、千秋の心をうっとりとさせてくれるはずだ。

彼女はそう思うといても立ってもいられずに、〝よど屋〟に叔父を訪ねたのである。

そして勘兵衛は、千秋の望み通り柳之助について、ただ一言も貶《おとし》めることは口にせず、淡々とその人となりについて語ってくれた。

その上で、

「千秋は、芦川の旦那がどうして気になるんだい？」

初めてそのことに触れた。

「先だってこういうことがあったのですよ」

千秋は、破落戸に絡まれたところを、芦川柳之助に助けられたのだと、ことの次第をかいつまんで話した。

「それでまあ、あまり見たことがないお役人だと思いましてね」

「そいつは千秋の言う通りだ。世間の奴らは何かってえと若さを口にして、頼りなさそうだとか、世の中をわかっちゃあいねえなんて言いたがるもんだが、おれはああいう心根のきれいな旦那は好きだねえ」

「わたしもそう思うのですよ！」

やはり勘兵衛叔父さんは話がわかると、千秋は嬉しくなってきた。

ここに至って、勘兵衛は千秋が柳之助に恋してしまったのを確信したが、勘兵衛も芦川柳之助に好感を抱いていたので、このおもしろい男女の取り合せを後押ししたくなっていた。

勘兵衛には、こういうおもしろさがある。

彼にとって、千秋は特別な娘である。

容姿、気立て、共に申し分なく聡明であるし、武芸にかけては天賦《てんぷ》の才がある。

この娘をその辺りの大店の息子に嫁がせて〝善喜堂〟の秘事を守りつつ、表向き平凡な一生を終えさせるのは何とも物足りない。

勘兵衛は実のところ芦川柳之助という同心を、以前からおもしろい男だと思っていた。

世間の人は若さだけを取り上げるが、彼には純粋な正義感と人への情がある。

これに心惹《ひ》かれるとは、千秋もよいところに目を付けたではないか。

結びつくかどうかは、千秋に天から授かる縁と燃えんばかりの情熱が備わっているかによるが、かわいい姪《めい》に点《とも》った恋の火が消えぬように見守ってやりたい。

「千秋、芦川の旦那に恩義を覚えているなら、お前なりのお返しってものをしなけりゃなあ」

それでも勘兵衛は、恋をあくまでも恩義と言ってごまかしてやると、

「臨時廻りの同心に、河原祐之助《かわはらゆうのすけ》というのがいるのだが、こいつがいけすかねえ野郎でなあ。何かってえと芦川の旦那に辛《つら》くあたりやがる」

「まあ……」

千秋はたちまち河原祐之助への怒りが湧いたが、それにしてもこの叔父は何でもよく知っているものだと感心した。

「芦川の旦那は心のやさしいお人だ。争いごとは避けたいし、ましてや目上の者となれば、黙っているしかねえ。だがな、気をつけねえと河原みてえな野郎は、人を陥れかねねえ」

「そんな嫌な奴なんですか？」

「ああ、おれは嘘《うそ》はつかねえよ」

「お気の毒ですねえ、芦川様は……」

「ああ、お気の毒さ。ここは千秋、恩返しに河原の鼻を明かしてやったらどうだい？」

勘兵衛は、意味ありげに笑った。

「そうね、恩返しですものね」

叔父に悟られたと知りつつ、千秋は芦川柳之助への恋情を、恩返しと言いかえて、きゅっと唇を噛《か》んだ。

その刹那《せつな》、久しく体内に封じ込めていた闘争の気合が、千秋の五感を刺激して、その四肢に溢《あふ》れんばかりの力を与えていたのである。

第三章　恋

（一）

葭町の常磐津《ときわず》の師匠の家を出ると、すっかりと日も暮れていた。

春というのも名ばかりで、やっと梅が咲き始めた江戸の日暮れは、まだまだ早い。

「お花《はな》、少し人形町を廻《まわ》ってから帰るとしましょう」

千秋《ちあき》は、ふっくらとした顔をほんのりと朱に染めて言った。

この日も、女中のお花が供をしていた。

「はい、よろしゅうございますねえ」

お花に異存はない。
人形町界隈《かいわい》には芝居小屋が建ち並び、人通りも賑《にぎ》やかである。
十六歳のお花は、通りを歩くだけでわくわくとしてくるのだ。
ここをぶらぶらと歩くのが好きな千秋に、彼女もすっかり感化されたと言える。
しかし、この日の千秋は芝居小屋の看板を眺めたり、通りの甘い物を扱う店を覗《のぞ》い
たりするのではなく、人の姿を求めていた。
相手はもちろん、愛《いと》しい殿御の南町奉行所同心、芦川柳之助《あしかわりゅうのすけ》であった。
只《ただ》一人、千秋の柳之助への恋を理解してくれている叔父・勘兵衛《かんべえ》から、柳之助はこ
の時分、この辺りでよく、仲間の同心から嫌がらせをされていると聞いたからだ。
憎い同心は、臨時廻り方の河原祐之助《かわはらゆうのすけ》である。
風采のあがらぬ三十過ぎの男で、近頃親の急逝に伴い定町廻り方を継いだ柳之助に
先輩風を吹かし、何かと辛《つら》く当っているのだ。
叔父の勘兵衛はかわいい姪《めい》の千秋が恋うる相手のことならばと、密《ひそ》かに動いて調べ
てくれた。
その情報によると、柳之助と河原はこの辺りで繋《つな》ぎをとり、それぞれの情報を伝え
合うのだが、その折の河原の物言いが酷《ひど》いのだ。

それを聞いた千秋は、予《あらかじ》め河原の様子をそっと見ていた。

小太りで、えぐれたように低い鼻、そういう顔でも愛敬があればよいのだがそんなものは、どこにも見受けられない。

すれ違う町の者達への物言いもどこか偉そうで、自分に自信のない小役人が恰好《かっこう》をつけているだけに見えた。

その時はお花も傍《そば》にいた。彼女は千秋がわざわざ河原祐之助を見定めに外へ出たとは思いもかけなかったのだが、

「あの旦那はいけませんねえ。男の愛敬ってものがありませんよ」

一目見てそのように口走り、千秋を満足させたものだ。

「おや、あれは芦川の旦那ですね……」

不意にお花がはるか前を行く芦川柳之助の姿を認めた。

そして彼の傍に件《くだん》の河原祐之助の姿があった。

「あのいけすかない旦那と一緒のようですよ」

お花は顔をしかめた。

千秋ほどの大店《おおだな》の娘が、まさか町同心に恋などしているとは端《はな》から思っていない。

しかし、千秋が柳之助贔屓《びいき》であることはわかっている。

河原祐之助などといれば、千秋も柳之助に声をかけ辛いというものだ。

千秋に仕える身としては、それが腹立たしいのである。

「そういえば、〝よど屋〟の叔父さんが、芦川様に用があると言っていたから、声をかけたいところだけど、あのいけすかない旦那が一緒では近寄りにくいわねえ」

叔父の勘兵衛が柳之助に用などあるはずはないのだが、これも千秋が勘兵衛から授けられた策なのだ。

「あの小太りをやり過ごしてからにすればよろしいのでは？」

お花の物言いがおかしくて、

「そうね。そっと様子を見ていましょうか」

千秋は頰笑《ほおえ》むと、お花を従えて、柳之助と河原が立ち話をしている様子をそっと窺《うかが》った。

この主従は、ただの商家の娘と奉公人ではない。

気配を殺して人の会話に聞き耳を立てるくらいの芸当は朝飯前なのである。

柳之助と河原は、路地に入ったところで何やら話をしていた。

「芦川、手ぬるいよ。お前はすることが何もかも手ぬるいぜ」

河原の憎々しげな声が聞こえてきた。

「手ぬるい……ですか……」

「ああ手ぬるいねえ。破落戸に聞き込みをするのに、情はいらねえや。ちょっとでも疑わしいと思ったら、すぐに番屋へしょっ引いて、痛めつけてやりゃあいいんだよう」

勘兵衛叔父の言うところの、〝何かってえと芦川の旦那に辛くあたりやがる〟というのはこのことなのであろう。

心やさしき柳之助は、滅多《めった》やたらと人をしょっ引いたり痛めつけたりはしない。

それをこんな風に詰《なじ》るとは、どういう了見なのであろう。

「だいたいお前は恰好をつけすぎるんだよ」

河原の絡みは続いた。

「いえ、恰好をつけているつもりはないのですが……」

柳之助は、どこまでも辞を低くして、年長の相手を立てている。その姿が、千秋の胸を締めつけた。

「先だっての呉服店……。あすこでは随分と恰好をつけていたじゃあねえか」

「呉服店と申しますと」

「だから大伝馬《おおでんま》町の呉服店だよう。お前はせっかく主が気を遣ってくれたってえのに

〝礼には及ばぬ〟なんてぬかしやがって」

「改修普請が済んだので、立ち寄っただけで、それくらいのことで付け届けをされるのは、気持ちが悪いと思いまして」

「お前の気持ちが悪かろうが、どうだっていいんだよう。お前のせいで、もらい損ねたじゃあねえか」

柳之助は、黙って頭を下げた。

千秋は怒り心頭に発した。

芦川柳之助は、商家からの礼を頑《かたくな》に拒むような朴念仁ではない。

町同心など、たかが三十俵二人扶持《ぶち》の軽輩である割に、あれこれ物入りな役儀である。

商人からの付け届けによって、何とか暮らし向きを支えていると言える。

ゆえに袖の下は黙認事項であるが、これも度を過ぎるとたかりと変わらない。

「遠慮なくもらっておくぜ」

という時もあれば、

「礼をされるほどのことは何もしちゃあいねえよ」

と受け取らない時もあるのが、粋ではないのだろうか。

柳之助は、千秋を助けた折は、〝善喜堂〟からの進物を受け取っている。好意や謝意はそれなりに受ける人なのだ。

その柳之助が〝礼には及ばぬ〟と言ったのは、もらうほどのことを何もしていなかったからに違いない。

恐らくその場に河原祐之助がしゃしゃり出て自分も袖の下のおこぼれに与《あずか》ろうとしたのがありつけず、文句を言っているのだろう。

――河原祐之助のくせに、芦川柳之助様に、筋違いなことで絡むなど許せない。

目にもの見せてやると意気込む千秋の横で、お花は溜息《ためいき》をついて、

「いけすかない奴《やつ》ですが、芦川の旦那も何やら苛々《いらいら》とさせるのでしょうねえ」

相変わらず彼女の芦川柳之助への評価は低い。

「何が苛々するのです！　芦川様は心根がきれいなだけなのですよ」

千秋がお花を叱りつけた時、

「お前を見ていると苛々するんだよ」

河原は柳之助から離れていった。

（二）

やれやれといった表情で、芦川柳之助は大通りへ出た。

「旦那様、河原様はどうしてあんな風に、旦那様に辛く当るのでしょうねえ。わたしは腹が立って仕方がありませんよ」

彼の小者《こもの》である三平《さんぺい》が憤った。

三平は、親の代から芦川家に仕えているのだが、このところの河原祐之助の態度に、心底頭にきていたのである。

「ははは、それは、おれが苛々する男だからさ」

柳之助はこともなげに言った。

「他所《よそ》では叱られてばかりだからせめておれに強く出ておきたいのだろうよ」

「押さえつけて、手前《てめえ》の弟分みてえにしようってえんですか？　あんな奴を兄貴分にできるはずがありませんよ」

「まあそういうことだが、あの人もそのうち絡むのにも飽きるだろうよ」

「旦那様は、おやさしい……」

三平は不満顔であるが、瞳の奥には、

――好《い》い旦那様だ。

という輝きがある。

「これは、芦川様……」

そこへ千秋が声をかけた。

「おお、〝善喜堂〟の娘か」

「千秋でございます」

「よく会うな」

柳之助は相好を崩した。

面倒な河原と別れた直後に声をかけられたのが千秋だけに、心がほのぼのと癒されたのである。

いかにも利口そうで快活、そしてふくよかな娘は柳之助の好みなのだ。

「お見かけしたら、お伝えしとうございました」

「何かおれに用でもあったかのう?」

「わたしの叔父は勘兵衛と申しまして、江戸橋で船宿をいたしております」

「〝よど屋〟だな。そうか、そなたの叔父にあたるのか」

「はい、その叔父が、芦川様に折入ってお話ししたいことがあると申しておりまして……」

ここで千秋は、勘兵衛から授けられた件の策を仕掛けた。

「そうかい。どうせ江戸橋の方へはこれから一廻りするところだ。立ち寄ってみよう」

柳之助がこう応えるのは初めから予想出来た。

「ありがとうございます。それならお花、すぐにご案内を」

「お嬢様は……?」

「お師匠のところにお扇子を忘れてきたようだから、これから取ってきます。先に行っておくれ」

きょとんとするお花を見て、

「おいおい、案内には及ばねえよ」

柳之助は爽やかに言ったが、

「いえ、ご足労を願いますのに、そういうわけには参りませぬ。お花、頼みましたよ」

千秋は柳之助に一礼して、そそくさと立ち去ったのである。

「一人にしていいのかい?」

柳之助はお花を見たが、

「お嬢様はお強いお人ですから……」

お花はニヤリと笑って、

「わたしが付いていない方が都合のよいこともあるのだと思います」

柳之助と三平を促して歩き出した。

この辺り、お花は実に千秋という娘をよくわかっていたし、よく心得た奉公人であるといえる。

何も報《しら》されてはいないものの、こういう時は千秋が何か一人でしたいことがあると察して、黙って動くのだ。

千秋はお花に柳之助を案内させると、そのまま長谷川《はせがわ》町の三光稲荷《さんこういなり》へと向かった。

その鳥居前の茶屋で、河原祐之助がいつも休息しているという情報を彼女は仕入れていたのである。

そして、そこへ着く頃には、千秋の姿は御高祖《おこそ》頭巾の艶やかな女に変わっていた。

暮れ行く町で悠長に茶など飲んでいる場合でもないのだが、どうやら河原はここに目当ての茶立て女がいるらしい。

日の高い間は、小太りの脂切った顔がてかてかと映えるので、日暮れてから立ち寄るのではないかと、叔父・勘兵衛は見ていた。

千秋は、河原が腰かけている床几《しょうぎ》を見つけると、真《ま》っ直《す》ぐにそこへと進んだ。

「うむ……？」

河原はいきなり自分に向かって歩み寄る不思議な女にたじろいだが、

「旦那、ちょいとお助けくださいまし」

千秋は頭巾の下から囁《ささや》くように言った。

頭巾には香を焚《た》き染《し》めてあり、彼女の声はか細いがしっとりとしていて、顔はよくわからねど、つぶらな瞳を見ると美しい女であるのは明らかだ。

女にもてない河原である。

「おう、何があったんだい……」

思わず低い声で恰好をつけていた。

「ここではとても申し上げられません。河原様を見込んでのお願いでございます。どうかご内密に……」

千秋はそう言って縋《すが》るような目を向けると、社の裏手へと小走りに向かった。

「おい、どうしたんだよう……」

河原は唸《うな》るように言うと、茶代を置いて小者を従え、千秋の後を追った。

社の裏手にはこんもりとした雑木林がある。

千秋はその中の大きな杉の木の前で立ち止まった。

そこがちょっとした広場になっている。

「おう、何があったかしらねえが、おれに任せておきな」

薄闇に、河原は十手《じって》をかざして見せた。

しかし、一瞬煌《きら》めいた十手は、どういうわけか千秋の手に渡っていて、河原はその十手で鳩尾《みぞおち》を突かれた。

「うっ……」

息が出来ず、無様にも千秋に寄りかかる河原を見ながら、

「旦那……、どうなさいました……」

と、千秋は声をかけた。

小者もまさか河原が女に十手を取り上げられ、それで突かれたとは思いもかけず、

「旦那……」

彼もまた河原に駆け寄ったが、そこを同じく千秋に突かれ、その場に倒れた。

そこからの千秋の動きは素早かった。

たちまち二人を縛り上げ、目隠しをし、猿轡《さるぐつわ》をかませて、河原を近くの立木に括《くく》りつけた。

その上で、

「旦那にお願いというのはねえ。この十手をもらうことさ」

今度は伝法《でんぽう》な妲己《だっき》の声を浴びせ、そのまま雑木林を出て、江戸橋へと駆けたのである。

（三）

その頃。

お花の案内で、江戸橋の船宿〝よど屋〟へ立ち寄った芦川柳之助を、主の勘兵衛は大いに歓待していた。

「お花、そうかい、旦那を見つけて案内してくれたのかい。そいつはすまなかったな」

勘兵衛はお花に小遣い銭を握らせると、

「忘れ物とは千秋もそそっかしいことだな。その辺りまで迎えに行ってやっておくれ」

　お花を千秋の迎えにやって、

「旦那、お話ししたかったのは他でもございません……」

と、相談ごとを切り出した。

先日、怪しげな客が来たのだが、そ奴らが盗人《ぬすつと》ではないかというのだ。

もちろんこれは勘兵衛の作り話で、

「ほう、盗人の一味か……」

柳之助がその話に聞き入った頃に、御高祖頭巾を脱いだ千秋がお花を伴い駆け込んできた。

「芦川様、大変でございます！　三光稲荷のお社の裏から、何やら人の呻《うめ》き声が聞こえてくるのです……」

「何だと……。それで何か見たのかい？」

「いえ、暗がりの木立の中に入るのは気味が悪くて、ここに来れば芦川様がおいでてございますからまっしぐらに……」

「よし、ひとまず行ってみよう。三平！」

「へい！」

柳之助が三平を従えてとび出ると、千秋、お花、勘兵衛がこれに続いた。

〝よど屋〟から三光稲荷はほど近い。

日が暮れると、社の裏手は木が生い茂る不気味なところゆえ、ほとんど人気《ひとけ》がない。

その中で人の呻き声が聞こえたとしても、うら若き娘が一人で入っていけるものではなかろう。

「よし！　おれ達が入ってみるから、三人はここで待っていな」

柳之助は十手を握りしめ三平とともに中へ入った。

社の手前で千秋、お花、勘兵衛は柳之助の指図を待ったものだが、この三人が柳之助と三平よりも尚《なお》強いことを誰が知ろう。

〝善喜堂〟の奉公人は皆一様に〝影武芸指南役〟から武芸を仕込まれ、勘兵衛はその指南役の弟であるのだ。

柳之助はすぐに夕闇の中から、男二人の呻き声を聞きつけた。

「今助けてやるから安心しろい！」

勇ましい柳之助の声は、それからすぐに、

「河原さん……！」

驚きのそれに変わった。

「あ、芦川か、助けてくれ……」

やがて目隠しと猿轡を外してもらった河原の実に情けない声がした。

「いったいどうしたんです？」

柳之助はどこまでもやさしい男である。

雑木林の外で、鼻をふくらませている千秋と勘兵衛とは違い、いたって真剣に縄目を解きつつ訊《たず》ねている。

お花はこれが勘兵衛が千秋に授けた策とは知らないが、河原の情けない声を聞き、雑木林の中を覗き込んで、声を押し殺して笑っている。

「それが、何が何やらよくわからねえんだ。女に助けを求められて、ここへ入ったらこの様だ。きっと賊に不意打ちをくらったんだな」

河原は息を切らしながら訴えた。

「で、その女は……」

「それもわからねえんだ、いきなり縛られて、目隠しに猿轡でよう」

「あの女は連れ去られたのかもしれませんねえ」

河原の小者が言った。

主従共に馬鹿である。

「とにかく無事で何よりでしたね」

すぐ傍に、河原の差料も置かれていた。

「だが河原さん、十手が見当りませんねえ」

「十手が……？」

河原はその段になって思い出した。

「旦那にお願いというのはねえ。この十手をもらうことさ」

と、御高祖頭巾の女が言ったことを。

「十手が……、奪《と》られた……」

河原は大いにうろたえた。

「十手をとられちゃあ、おしめえだ……！」

そこへ、勘兵衛に連れられた、千秋がお花を従えてやって来て、

「あの……、こんなものがそこに落ちておりました……」

と、河原の十手を差し出した。

「よかった……」

河原はそれを見て涙ながらに喜んで、

「芦川……、明日の朝になって、この無様な姿を町の者に見られなくて助かったぜ。

頼む！　くれぐれもこの場のことは……」

「わかっていますよ。決して口外いたしません。皆、頼むよ」

柳之助は、河原に十手を手渡した後、千秋達三人に言った。

「お任せくださりませ。芦川様の仰《おお》せとあれば、この場のことはこの場限りで」

勘兵衛がすかさず言った。

河原は暗がりの中、千秋達が誰やらわからなかった。今は柳之助に縋るしかない。

「芦川殿、おれが悪かった。お前は何かとおれよりできがよくて、少しだけ妬《ねた》んでいたのかもしれねえ。どうか許してくんな……」

と、ただひたすらに頭を下げたのである。

（四）

扇店〝善喜堂〟の蔵の中に、密かに設《しつら》えられた武芸場で、翌朝も千秋は、兄・喜一《きいち》郎《ろう》との稽古をすませてから自室で身繕いをした。

お花は、終始含み笑いをしている。

「お花、何がおかしいのです？」

窘《たしな》める千秋の声も弾んでいた。

芦川柳之助に辛く当る河原祐之助を痛い目に遭わしてやった上に、

「どうか許してくんな……」

と、柳之助に頭を下げさせてやった。

叔父の勘兵衛には感謝しきりであるが、こんなに爽快なことはない。

かつては何度か、〝影武芸指南役〟の娘として、公儀の諜報戦《ちょうほう》に加わり成果をあげていた千秋であったが、恋うる相手のためにする戦いがこれほどまでに心地よいものとは——。

「お嬢様、昨日のあれはいけません。思い出すと笑いが止まりませんよ。あの小太りの旦那の情けない様子ときたら……、ふふふ、あれはお嬢様が、〝よど屋〟の旦那様と仕組んだのですね」

「ふふふ、うまくいったわ」

千秋はそう言って、慌てて口を押さえた。

「隠さなくてもわかりますよ」

わたしの目はごまかされませんよとばかりに、お花は千秋の身繕いを手伝いながら言った。

「そもそも、常磐津のお師匠の家《うち》にお扇子を忘れたなんて怪しいものですからね。三光稲荷はお師匠の家から少しばかり離れているのですよ。どうしてそこの裏手で、河原の旦那が酷い目に遭わされていると気付いたのです？」

「それはその……、お師匠のところへ行く中《ちゅう》に、いけすかない河原の旦那を見かけたので、あの馬鹿はいったいどこへ行くのだろうと、気になったから……」

千秋はしどろもどろになったが、

「誰にも言うんじゃあありませんよ」

すぐにごまかすのを諦めた。

「言うわけがありませんよ。わたしも随分と楽しい想いをさせていただきましたし、〝よど屋〟の旦那様からお小遣いまで頂戴してありがたかったですから」

お花は悪戯《いたずら》っぽい目を向けて、

「初めからそうと言ってくだされば、わたしもお手伝いしたのですよ」

また、ふふふと笑った。

「お花を巻き込みたくはなかったのですよ」

「そのお気持ちは嬉《うれ》しゅうございますが、とどのつまりは、わたしもこうして内緒ごとにお付合いさせていただくわけですから」

「そうだったわね」

「すっきりしましたねえ。わたしも前から、あの河原の旦那には頭にくることがありましてね。いつか痛い目に遭わせてやろうと思っていたところで……」

千秋は笑えなくなってきた。

お花は相変わらず、千秋が柳之助に恋しているとは思ってもいないようだ。

ただ河原のことが嫌いで、悪戯を仕掛けてやろうとしたとしか見ていない。もう小娘でもあるまいし、河原が嫌いでもわざわざ相手になどするものか。今日こそ言ってやろう。

彼女は決意した。

「お花、言っておきますが、わたしが河原の旦那をあんな目に遭わせたのは、ただの悪戯ではありません」

「はあ……、そうなのですか……」

「わたしは、芦川様のためにしたのです」

「芦川の旦那のために……？　どうしてです……？」

「ああ、もう頭にきた……」

「どうなさいました？」

「わたしは、芦川柳之助様を、心の底からお慕い申し上げているのです！」

言い放って、声が高かったと千秋はまた口を押さえた。

「お嬢様……」

お花は呆気《あっけ》にとられて千秋を見ていたが、

「ふふふ……、お戯れを……」

また笑い出した。

「戯れではない……」

千秋は、低い声で言うとお花を睨《にら》みつけた。

あらゆる武芸を身につけた千秋のこれは、お花を黙らせるだけの迫力がある。

「お嬢様、本当にあの苛々する旦那を……」

「苛々などしない！」

千秋はそれから、いかに芦川柳之助が町同心に似合わぬ清廉潔白にしてやさしい人であるか、懇々と説き、

「わたしはあのようなお方と添いとげたいと思っているのです……」

と、打ち明けた。

「だから、芦川様のことを悪く言ったら、わたしが許さない。わかったわね」

「わかりました……」

〝善喜堂〟の娘ともあろう者が、三十俵二人扶持の不浄役人などと添いとげたいとは、どうしてしまったのだろう。

お花は言いたいことが山ほどあったが、

「人の恋うる想いは、その人にしかわからないものだ」

と、誰かが言っていたような気がする。

彼女は誰よりも千秋を大事に思ってきた。

そのお嬢様が心底惚《ほ》れて、あのような襲撃沙汰までやらかすのだから、もうとやかく言えるものではない。

「そうと知れたら、花はお嬢様の恋の花を咲かすお手伝いをいたしましょう」

「お花、よくぞ言ってくれました」

「でも……、この先どうするおつもりです？」

「知れたことです。まず芦川様にわたしを好きになってもらいます。すべてはそこからではありませんか」

「それは、確かに……」

お花は、初めて見る千秋の熱情に気《け》圧《お》された。

〝善喜堂〟に芦川柳之助が訪ねてきたのはその時であった。

（五）

「いや、昨日のことなのだが、娘御に世話になってのう」

芦川柳之助は、応対に出た主の善右衛門に開口一番、爽やかに告げた。

昨日はあれから、河原祐之助の外聞を重んじて、彼が襲われて十手を奪われた一件については、

「決して口外いたしませぬ」

と、誓ってくれた千秋であった。その念をつくつもりはないが、一言礼を言っておこうと思ったのである。

今朝は、役宅を出る柳之助を待ち伏せていたかのように河原が現れて、

「芦川殿、何卒《なにとぞ》よしなに……」

と、無理矢理礼金を握らせて、今まで見せたことのない笑顔を向けてきたものだ。

これには小者の三平も大いに溜飲《りゅういん》を下げたようで、柳之助もこのところの屈託がすっきりと晴れた。

思えばそれもこれも、千秋が町中で声をかけてくれたからこそと思い、一言告げずにはいられなかったのだ。

「娘が、お世話を……？」

善右衛門は不審気に柳之助を見た。

千秋が恐るべき武芸の遣い手であることは、親の善右衛門が誰よりもわかっている。それが定町廻り同心にどんな世話をしたのか。

店の秘事に関わることなので、気になるのだ。もちろん〝善喜堂〟の正体など町同心の柳之助が知り得るものではない。

「いや、町で見かけたゆえ、怪しい者を見なかったか訊ねたところ、我らが求めていた賊の一人らしき者の動きを教えてくれてな。よい手がかりになったと皆で喜んでいたところなのだ」

柳之助はひとまずそう応えた。

「左様でございましたか……」

それくらいのことなら、千秋もいちいち家で報告はすまい。柳之助の律気さが頬笑ましく、すぐに千秋を呼び出したのである。

千秋が飛び出るように父の許《もと》へ行ったのは言うまでもない。

柳之助が訪ねた理由を聞かされると、

「見たままを申し上げたのですが、それがお役に立ったなら嬉しゅうございます」

柳之助と秘事を共有し合う嬉しさに顔を赤らめた。

「千秋殿は、なかなか見る目が鋭い。またよろしく頼むよ」

柳之助も千秋と向かい合うと、何やら胸が躍ってきて、顔が紅潮してきた。それを悟られぬうちにと、

「変わったことがあったらいつでも言ってくんな」

すぐに店を出た。

「ご苦労様でございます……」

善右衛門は千秋に送らせた。

千秋は外で柳之助に小声で、

「ご案じなさりませぬように……。決して口外はいたしませせぬゆえ」

「疑っているわけではないのだ。ちょいと礼を言っておきたくてな」

「嬉しゅうございます」

「口だけではなく、何か礼をしねえとな」

千秋に付いて出て、二人の様子をそっと眺めていたお花は、

――こうして見ると、思いの外にお似合いかもしれない。

という気になっていた。

「お礼など何もいりませぬが、ひとつだけお願いがございます」

そして千秋は、次第に大胆な物言いになっていた。

「願いとは?」

「お見廻りをなさる時は、千秋に毎度お言葉をかけてくださいまし。わたしがその場へ出向きますゆえ」

「千秋殿に……?」

「お嫌でございますか?」

「いや、お前さんと言葉を交わすと、何やら力が湧いてくる」

「本当でございますか?」

ぱっと千秋の顔が華やいだ。

柳之助はその刹那《せつな》気がついた。

彼もまた、いつしか千秋と顔を合わせるのが楽しみになっていたことに――。

（六）

翌日から、芦川柳之助はそっとお花を通じて見廻りの道順を告げ、その中で自分を見つけてくれるよう告げた。

千秋は夢心地であれこれ理由をつけてはお花を伴い外出をして柳之助の姿を追いかけた。

二人は方々にある稲荷社の境内の片隅で顔を合わせたり、堀端で柳之助があれこれと訊ねるふりをして言葉を交わしたものだ。

話すうちに相手の悪いところが見えてきて、熱も冷めるかと思ったが、千秋は柳之助と会う度に、言葉を交わす毎に恋情が深まるのを覚えた。

柳之助もまた、

――おれは、この娘が好きだ。

と、はっきり自覚するようになった。

初めの内は、ただ顔を見合って二言、三言言葉を交わすだけでよかった。

だがそのうちに、二人だけであれこれ語らう一時が欲しくなってきた。

すると、頃やよしとばかりに、江戸橋の　"よど屋"　の主・勘兵衛が、船宿に二人を呼んで密会をさせた。

　江戸は暖かくなり、桜が満開を迎える頃になると、二人は互いに〝惚れ合った仲〟になっていた。

　だが、柳之助はどうしてよいかわからなくなっていた。

　彼は純情と分別を持ち合わせた、八丁堀《はっちょうぼり》同心でも珍しい男で、市井で浮名を流すほどの遊び人でもなかった。

　千秋は自分のことを想ってくれているとわかったとて、将軍家御用達の扇店の娘を妻に迎えられるはずもない。

　下手に手出しをしようものなら、軽輩の身は自滅するばかりであろう。

　会ってあれこれ言葉を交わすと楽しいが、別れるとただ寂しくなる。

　見廻りに出る時は毎度言葉を交わすと約したものの、

「そろそろこの辺りで終りにしよう」

　そう言わねばならぬと思った頃合を見はからったかのように、

「芦川様……、柳之助様……、わたしの貴方様への想いはもうおわかりいただけたかと存じます。どうぞわたしを妻にしてくださいまし」

と、千秋は迫ったのである。

「なんと……」

驚く柳之助に、

「お嫌でございますか」

尚も千秋は迫る。

「嫌ではない。そんなはずはない」

柳之助はしどろもどろになった。

「だが、おれとそなたは夫婦にはなれぬであろう」

「なるなれぬのお話をしているわけではありません。わたしを妻にしたいか否かをお聞きしているのでございます」

「それは……。妻にしたい！」

柳之助はきっぱりと言った。

千秋はそもそも好みの娘であったし、千秋といると、この先自分に好運が舞い込んでくるような気がしていた。

「それならば、幾久しゅうお願い申し上げます」

千秋は柳之助の前に手をついた。

「そなたの気持ちは嬉しいが、お願いされても互いの身分と分限《ぶげん》というものがあるではないか」

ますます愛おしく思われる千秋を見つめながら柳之助は溜息をついた。

「二人であらゆる苦難を乗り越えてこそ夫婦ではございませぬか。一緒になりたいと思う気持ちがあれば、きっと結ばれましょう」

千秋は、自分でも驚くべき強い想いが決意となって湧き出ているのを感じた。

恋の力は何よりも強く重い――。

そして、やさしい男のやや優柔不断になりがちな心の扉をもこじ開けた。

ふくよかで愛嬌《あいきょう》に充《み》ちたこの娘のどこにそんな強引ともいえる意思が隠されていたのだろう。

しかもその想いはすべて自分に向けられているのだ。これほどの冥利《みょうり》はなかろう。

「それならば、どのようなことになろうが、おれは千秋を妻にするよ」

「嬉しゅうございます」

二人は強く手を握りあった。

ここは叔父・勘兵衛の船宿の一室である。

二人の恋路を邪魔する者はなかったが、この先二人は何として夫婦になるつもりなのか――。

第四章　連理

（一）

扇店〝善喜堂《ぜんきどう》〟は、風雲急を告げていた。

娘の千秋《ちあき》が、

「これと思うお方が見つかりました。嫁ぎとうございます……」

と、父・善右衛門《ぜんえもん》、母・信乃《しの》、兄・喜一郎《きいちろう》を前にして告げたからだ。

十九になった千秋は、二十歳《はたち》までにはこれと心に決めた人の許《もと》へ嫁ぎたいと常々言っていた。

嫁いで、二親《ふたおや》を安堵《あんど》させねばならないと考えていたからだ。

娘の気持ちがわかっているだけに、善右衛門は千秋の婚儀について焦ってはいなかった。

善右衛門は、〝善喜堂〟の主《あるじ》であるが、同時に〝将軍家影武芸指南役〟という裏の顔を持っている。

その娘である千秋にも武芸を仕込んだ結果、彼女は恐るべき武芸の才を開花させてしまった。

それがために、公儀から請われて幾度となく諜報《ちょうほう》戦に駆り出された。

千秋は無邪気に、己《おの》が武芸の上達を確かめて喜んでいたが、命の危険にさらされたこともある。

善右衛門は、それを許してしまった自分に、親として忸怩《じくじ》たるものがあった。

ゆえに、千秋に早く好《よ》い婿を見つけて、穏やかな暮らしを送らせてやろうと、日々気にかけていた。

跡継ぎである喜一郎は、表と裏の顔を使い分け、いざという時はいつでも争闘に身を投じる備えを怠ってはいけない。

しかし、娘の千秋は表の顔のみを持ち、裏の顔を捨て去り、平凡な結婚が出来るのである。少しでも早くその状態にしてやりたいと思うのが親心であろう。

それでも千秋は、武芸を通じてしっかりとした意思を持つ娘と成長していたので、

——一生に一度嫁ぐ相手は、自分の得心がいく男であらねばならない。

と考えているのがわかる。

それゆえ婿選びについてはいちいち千秋の反応を確かめ、興がそそられぬようであれば、すぐに引っ込めてきた。

二十歳までには嫁に行くと言っているのだ。やがて今年も押し詰まれば、千秋もそこそこのところで得心するであろうと思ったからである。

ところが、千秋は自分で相手を見つけたと言うではないか。

善右衛門は目を丸くして、

「お前は、いつの間にそのような……」

ここまで気がつかなかった自分に苛々《いらいら》としたものだ。

「その相手というのは、いったいどこの誰なのだ？」

それでも平静を装い、落ち着いた口調で問うてみると、

「はい。お見廻《みまわ》りをなされている、芦川柳之助《あしかわりゅうのすけ》様でございます」

千秋は、きっぱりと言うではないか。

「なに？　八丁堀の？」

善右衛門は名を聞いて忿怒《ふんぬ》の形相となった。

そもそも定町《じょうまち》廻りの同心には女好き、遊び人が多い。

髷《まげ》は小銀杏《こいちょう》、着流しに巻羽織、紺足袋《こんたび》の雪駄《せった》ばきで町を颯爽《さっそう》と行く同心は、

「八丁堀の旦那」

と呼ばれるもて男であるから、自《おの》ずとそうなる。

それが捕物ともなると、身に備わった捕縛術で咎人《とがにん》をあっという間に召し捕るから、余計に粋筋の女達からは慕われる。

だが〝将軍家影武芸指南役〟として、あらゆる武芸を修め、隠し目付、公儀隠密といった猛者《もさ》に稽古をつける善右衛門には、町方同心などどれも〝生っちょろい役人〟に見える。

しかし、その中にあって芦川柳之助は、実に爽やかで誠実さが窺《うかが》える旦那だと思っていた。

それなのに、あの男も同じ穴の狢《むじな》で、あろうことか愛娘《まなむすめ》に捕縛術を弄していたとは――。

「千秋……、お前はあの男に誑《たぶら》かされたのか……！」

日頃は穏やかでやさしい父・善右衛門であるが、怒りを浮かべると、身震いするくらいの迫力がある。

今すぐにでも店から姿を消し、芦川柳之助を殺しかねない殺気が漂っていた。

「わたしがくだらぬ男に誑かされるような娘だと、お思いなのでございますか」

千秋には父の怒りがわかっていた。予《あらかじ》め用意していた返答を静々と述べた。

「芦川様は、わたしの方からお慕い申し上げたのでございます。どうか、それだけは信じてください……」

「うむ……」

善右衛門は、千秋に真《ま》っ直《す》ぐ見つめられると弱い。

ふと見廻すと、衝撃を受けつつも、千秋を温かな目で見守っている信乃と喜一郎の顔があった。

「よし、お前を信じよう。人は見かけによらぬものゆえ、あの男がお前に言い寄ってきたのかと思うたのだ」

ひとまず彼は気を静めて、大きな息を吐いた。

「芦川様は、八丁堀のどなたよりも、真面目でおやさしいお方でございます」

千秋はほっと一息ついて、今まで町で見かけた柳之助の姿から窺い見られる人となり、立居振舞がいかに素晴らしいものかを、ひとつひとつ丁寧に並べあげた。

するとしのが、

「芦川様の評判はわたしも聞き及んでいます。やはりそのようなお方なのですね。千秋が心惹《ひ》かれるのも無理はありませんねえ」

と助け船を出した。

その言葉には、人に恋することがいかに美しく、気高いものかという、信乃の想いが込められていた。

善右衛門の興奮は、それによってさらに落ち着いてきた。

しかし、善右衛門は、おいそれと千秋の願いを叶《かな》えてやるわけにはいかない。

「お前が、あの旦那を心より慕っているのはわかった。だが、相手の気持ちはどうなのだ」

「芦川様も、わたしを妻にしたいと仰《おお》せでございます」

「互いに夫婦にならんと、心に決めているというのか？」

善右衛門は、まじまじと千秋を見た。

柳之助が、千秋にはっきりとそのように口にしたのなら、本気で考えているのに違いなかろう。

「芦川様のお心に、うそいつわりはございません」

千秋はきっぱりと言った。

「であるとすれば、芦川柳之助は好い歳《とし》をして、恋に何も見えなくなっていると言うしかない」

善右衛門は諭すように応えた。

「相手は三十俵二人扶持《ににんぶち》とはいえ、直参の武士ではないか。お前は町人の娘。元より一緒にはなれまい」

「それはわたしも、芦川様も重々承知いたしております」

「承知をしているならば、端《はな》から相手に近寄らぬことだ」

「お言葉ではございますが、扇屋の娘も、町方のお役人も、同じ人ではありませんか。互いを想い合う心があれば、一緒になる手立ては、いくらでもあると存じております」

「夫婦になるのは、当人同士だけで決めるものではない。柳之助殿の親御は、何と申されているのだ。芦川家の主とはいえ、お母上がおられるはず。その上に、武士の婚儀は上役の許しがいるのだ。既にそれを乗り越えたというのか」

「いえ、それはまだ……」

千秋は俯《うつむ》いた。

とにかくまず、互いに親の許しをもらうところから始めようと、柳之助とは話し合っていた。

「でも、芦川様は、何としても皆を説き伏せて、お父《と》っさんに会いに来ると申されています」

「左様か……。それは大した意気込みではあるが、まず無理であろうな」

「そうでしょうか?」

「〝善喜堂〟は、将軍家御用達を務める商人で、お前はその娘なのだぞ。同心が妻にするなどと言って、奉行所の方が許すはずもあるまい。たとえば同心を捨てて、〝善喜堂〟の婿となるというなら話は別だが、この店にはお前の兄・喜一郎がいる。それもなるまい。まず、諦《あきら》めるのだな……」

「お父っさん……。そこを何とか、お父っさんのお力をもって……」

千秋は縋《すが》ったが、

「わたしの力をもって? それはどういうことだ? 将軍家御用達である〝善喜堂〟の伝手《つて》を使って、お役所に手を廻してくれとでも言うのか。わたしは、そこまでしてお前を、町方同心の許へ嫁にやりとうはない。そもそも釣り合わぬ縁だと心得よ」

善右衛門はそれを切り捨てた。

「芦川殿が、わたしに会いに来ると言うなら会ってもよいが、まず、周りの許しは得られまい」

そして、まだ何か言いたげな千秋とは目を合わすことなく、奥へと引っ込んでしまったのである。

（二）

どんな苦難が待ち受けていようと、一緒になりたいと思う気持ちがあれば、きっと夫婦になれる――。

そう誓い合った、千秋と柳之助であったが、やはり一筋縄ではいかなかった。

同じ頃、柳之助もまた、母・夏枝《なつえ》に、

「あれこれ落ち着かぬ日が続いておりましたが、そろそろ妻《めと》を娶りたいと思います」

と打ち明け、こちらの方は思いの外に話がすんなりと通っていた。

「そのような話がいつ出るのかと、心待ちにしておりましたぞ」

夏枝はどうやら、このところの息子の異変を感じとっていたらしい。

「その相手とは、扇屋の娘では？」

そして驚くべきことに、いきなり言い当てられた。

「何と……」

図星を突かれて柳之助はたじろいだが、

「驚くほどのことではありません。あなたと話していればすぐにわかります」

夏枝は悠然として応えたものだ。

「今まで何度、話の中に〝善喜堂〟の名が出てきたことか」

以前、娘の千秋を破落戸《ごろつき》から助けたことで、〝善喜堂〟から遣いが来て、進物が届けられた。

それ以後、柳之助の口からは〝善喜堂〟と娘の千秋、千秋の叔父で〝よど屋〟という船宿の主、勘兵衛《かんべえ》の名が、何度も出るようになった。

初めのうちは、何げない会話の中に盛り込まれていたが、次第に千秋の名を語る時の柳之助が、やたらと楽しそうで、

「その娘が、さぞかしあなたの心を捉えているのに違いないと思われたのですよ」

と、頰笑《ほおえ》んだのである。

「同心たる者が、容易《たやす》く心の内を読まれるとは、真《まこと》に面目がございませぬ」

思い切って打ち明けてみれば、既に母に気取《けど》られていたとは、何たる不覚かと恥じ入るばかりであった。

「このようなことは、すぐに読まれる方がよいのですよ」

母が夏で、妻が秋というのも何かの縁であろうと、夏枝は楽しそうであった。

「ふくよかで朗らかで、それでいてしっかりと芯は強そうな、よい娘御ではありませんか」

母はさらにそう言って、柳之助を驚かせた。

「〝善喜堂〟の娘を、御覧になっていたのでござりまするか？」

「それはまあ、話を聞かされるとこちらも気になりますからねえ」

そっと一人で出かけて、店で扇を求めつつ様子を窺い見たのだという。

「それでは、あの娘を娶ることは……」

柳之助が姿勢を正すと、

「あなたがこれと見込んだのであれば、わたしは何も言うことはありません。芦川家の主はあなたなのです。周りの者が何と言おうが、あなたの思うようにすればよいのです」

夏枝はこともなげに言った。

「忝《かたじけの》うござりまする……」

柳之助は胸が熱くなった。

思えば子供の頃から、母はいつも自分をそっと見守っていてくれた。

父からは、

「お前は心がやさしいのはよいが、それでは八丁堀の同心は務まらぬぞ」

と、よく言われたものだ。

やさしさが前に出ると、男はどこか頼りなく見えるし、何かと人から後れを取るものだと、父は思っていた。

夏枝はいつも黙ってそれを見ていたが、ある日そのような父に対して、

「わたしは、やさしさこそ八丁堀の同心に何よりも大切なものだと思います」

きっぱりと言った。町同心がやさしくて何がいけないのか。むしろそれを誉《ほ》めてやるのが、親の務めではないのかと、柳之助の肩を持ってくれたのである。

日頃はにこにことして余計なことは一切言わないが、いざとなると夫に対しても、道理を説く気迫を備えている女《ひと》であった。

柳之助は深く感じ入ったが、

「されど、あの娘を娶るとなれば、ここからが大変ですねえ」

夏枝は同時に先を見ていた。

柳之助は、母の後押しを受けて、次は奉行所での許しを請うため、古参の与力、中《なか》島《じま》嘉《か》兵《へ》衛《え》に相談をした。

嘉兵衛には亡父の代から世話になっている。

思慮深く穏やか。その上に人情の機微がわかるので、同心達から慕われていた。

――まずこの御方ならわかってくださろう。

と、自分の想いをぶつけてみたのである。

「なに？　妻を娶りたいとな。それはめでたい。おぬしの亡くなった父親も喜ぶであろう。そろそろ今の務めにも慣れたことゆえ、妻を持ってもよい頃だと思っていたところだ」

嘉兵衛は話を聞いて大いに喜んでくれたが、

「それが、その、相手といいますのが……」

日本橋通南一丁目の扇店〝善喜堂〟の娘だと告げると、たちまち顔を強張《こわば》らせた。

「この話は誰かにしたか？　おれだけか？　それは好い分別だ。おれも聞かなかったことにするから、この縁は諦めた方が好いな……」

そして、やや思案をした後、そのように応えたものだ。

「なりませぬか……」

柳之助は、このような返事は予想していたが、中島嘉兵衛ならば、首を傾げつつ何か妙案を示してくれるのではないかと思っていた。しかし、

「町の娘をもらうにしても、〝善喜堂〟となれば厄介だ。まず分限が違うから、店の主とて、かわいい娘を同心の妻にはしたがらぬであろうよ」

嘉兵衛はにべもなかった。

〝善喜堂〟の裏の顔について、彼は何も知らない。しかし、将軍家御用達にして、その主人は、老中・青山下野守《あおやましもつけのかみ》の屋敷へも出入りが許されていると聞いていた。

いくら娘の千秋が柳之助の妻になりたいと言ったとて、〝善喜堂〟としては、町奉行に手を廻してでも潰しにかかるであろう。

「そうなれば、おれとて手に負えぬ。よいか、海の魚と、池の魚を同じ生簀《いけす》では飼えぬものじゃ。おぬしに邪《よこしま》な想いがないことはわかるが、武士は妻を娶るのも忠勤のひとつと心得ねばならぬ。頼まれ甲斐《がい》もなく申し訳ないが、ここはひとつ、了見いたせ……」

柳之助も、このようにことを分けて説かれると一言もなかった。

改めて、千秋と一緒になることの難しさを思い知らされた。しかし、それと共に、

――このままでは引き下がれぬ。

という強い想いも湧いてきた。

成り難い恋ほど、熱く燃え上がるという。

「今一度、よく考えてみます。お手間を取らせて申し訳ございませぬ」

恭《うやうや》しく礼をして、中島嘉兵衛の前から辞したものの、柳之助の胸の高まりは止《とど》まるところを知らなかったのである。

（三）

夫婦になることをどこまでも諦めぬ千秋と芦川柳之助であったが、先行きは険しかった。

一緒になろうと誓った日から、あらゆる状況を想定して二人は動いていた。

まず、千秋が父・善右衛門の許しを得れば、千秋付きの女中であるお花《はな》が芦川家の組屋敷へ走り、柳之助はそれを踏まえた上で、自分の方の許しを得て、〝善喜堂〟へ赴き、善右衛門と今後について話し合うことになっていた。

しかし、お花が芦川家に駆けつけることはなかった。

善右衛門が彼女の動きを封じ、近頃の千秋の動きについて、詰問したからである。

お花は、町で柳之助と行き合った折に、千秋と親しげに話をしているのは見かけたが、自分は女中の身であるから、少し離れたところで控えていた。ゆえに二人がどのような話をしていたかはわからないと言い張った。

その辺りも千秋とは既に談合済みであったのだが、お花は辛《つら》い立場にいながら、千秋のためによく堪え、言われた通りに振舞ったのであった。

善右衛門の詰問は、彼の弟の勘兵衛にも及び、千秋は〝よど屋〟への出入りも当面の間、禁じられた。

善右衛門の不興は思った以上のもので、何とかして千秋には、穏やかで不自由のない暮らしをさせてやろうと考えていたのに、それを裏切られたと、へそを曲げてしまっていた。

こうなると、とどのつまりは善右衛門をいかに懐柔するかしか道はなくなったと、柳之助は悟った。

自分の気持ちはいい加減なものではないと、会って己が真意を伝えようとは思うが、

「千秋と一緒になりたければ、武士を捨ててもらわねばなりません」

その上で、どこぞで〝善喜堂〟の暖簾《のれん》分けをした扇店の主とならなければならない——。

もし、そんなことを言われたら何としよう。

母、夏枝は、

「わたしはいつでもそのお店《たな》に参りましょう。同心は誰かに株を売って継いでもらえばよいのです」

きっとそう言うであろう。

しかし、亡き父を想うと、自分が惚《ほ》れた女と添い遂げたいがために、代々続いた八丁堀同心の系譜を消し去ってしまうのはあまりにも申し訳ない。

「それだけはなりませぬぞ」

と、千秋にも言われている。柳之助のような正義を貫く役人はなかなかいない。

千秋は清廉なる柳之助に心惹かれたのである。自分の恋のために市井の者達が柳之助を失うことになってはいけないのだ。

それを考えると、今すぐに善右衛門に会わねばならないのはわかるが、何と持ちかけてよいか妙案が浮かばなかった。

事態を打開しようと思えば思うほど、考えがつまってしまう柳之助であった。

ここでも彼のやさしさは災いした。あれこれと人に気遣うと、いつまでたっても前へ進めなくなるのだ。

しかし千秋はというと、

――お父っさんは、きっとわたしの気持ちをわかってくださるはず。

そう信じて、朝な夕なに神仏へ祈りを捧げるかのように、善右衛門を捉え、

「お父っさん……、どうかお考え直しください……」

そう願い続けていた。

さすがに愛娘にこのように言われると、善右衛門も辛い。

千秋の思うようにさせてやりたくなってくる。

だが、〝善喜堂〟には〝将軍家影武芸指南役〟という裏の顔がある。

いや、本来はそれが表の顔で、あらゆる諜報、隠密活動に携れるように、市井で扇屋に化けているのが実状だ。

〝善喜堂〟に生まれた娘は、代々老舗《しにせ》の扇屋の娘として分相応の相手に嫁いできた。

そして、〝将軍家影武芸指南役〟については、夫、子供にもその事実を告げず、平穏に暮らし生涯を終えてきた。

何か大きな変事が起こった時は、実家に戻り、指南役の娘として諜報戦の手助けを

することになっているが、今までにそんな例はなかった。誰もが子供の頃に、女ながらに仕込まれた武芸など忘れ、商家の内儀として幸せに暮らしたのである。

その先例を破り、奉行所の同心と夫婦になるのは、掟《おきて》破りとなる。

これを許すわけにはいかないのだ。

「千秋、それはならぬぞ」

善右衛門は、朝な夕なに娘の願いをはねつけた。

それでも千秋は諦めず、日課である蔵の中に設《しつら》えられた武芸場での稽古に汗を流し、日々、気合を充実させていた。

「千秋……」

ここ数日の父と妹とのやり取りを横目に、やり切れぬ想いでいた喜一郎は、騒ぎが起こってから四日目の稽古時に、千秋を呼び止めた。

「お前は親父《おやじ》殿のお気持ちをわかっているな」

「はい。お父っさんは、掟を守り、わたしを武芸から解き放ってやろうとお思いなのでしょう」

「うむ、わかっているならそれでよい。親父殿は、以前にお前に危ない仕事をさせてしまったことを悔いておいでだ。だからどこにでもいる商家の娘として、お前を嫁に出すことに心を砕いておいでなのだ」

「それはありがたいと思っております。思ってはいますが……」

「わかっている。お前にとっては生涯に一度の恋だからな。どうにか掟を新たなものにして、お前を嫁がせてやりたいと、おれは思っているよ」

「兄さん……」

千秋は顔の中に漂う憂えを、兄の情で吹き消して、とろけるような笑みを見せた。

「お前にはそのような明るい顔でいてもらいたいからな。だが、倅《せがれ》のおれがあれこれ取りなすと、かえって頑《かたくな》になるかもしれない。ここはお袋殿に任せておこう」

「おっ母《か》さんに……」

「お袋殿は、〝わたしに任せておきなさい〟などと言って胸を叩《たた》く人ではない。そんなことをしたら、人に言われて動くのが嫌いな親父殿を、かえって怒らせてしまうとわかっているからね」

「では、おっ母さんは……」

「お前のために取りなすつもりでいるのだよ。だがくれぐれも、おれやお袋殿がどこまでもお前の味方であることを、知らぬふりをしておくのだよ。何事も、おれ達は親父殿が決めたことに従うのだ。いいな……」

「はい」

千秋は小声で頷《うなず》いた。

彼女の目は潤んでいる。

善右衛門は、自分を慈しむゆえに願いを聞こうとしなかった。それは痛いほどわかっている。

そして、母と兄はいつでも自分の味方であり、何とかしてやろうと考えてくれている。

親の意に反して、家を出ようとしているのにもかかわらず、己が勝手な恋を成就させてやろうと動いてくれている。

肉親の情を今さらながらに嚙《か》みしめて、千秋は心地よく涙するのであった。

（四）

〝善喜堂〟の主・善右衛門が、西御丸下《にしおまるした》の青山下野守の屋敷へ出向いたのは、その二日後であった。

娘の千秋が南町奉行所定町廻り同心・芦川柳之助の許に嫁いでよいかという相談をするためであった。

善右衛門は見事に信乃に説き伏せられた。

しかし彼は、その訪問の真意を誰にも伝えていなかった。

女房に言い負かされて、下野守に許しを請いに行ったというのは傍ら痛い。

自分が千秋の願いを退けたのは、千秋を思うがゆえであり、頭の固いわからず屋であったわけではない。

〝将軍家影武芸指南役〟は、老中支配である。その役儀によって参上した折に、娘の話になり、よりにもよって町同心に心を奪われてしまって困っているとこぼした——。

彼はそのような身内への言い訳を頭に描いていたのである。

長兄・喜一郎と示し合わせたのか、信乃は千秋の恋を成就させてやってくれと、夫・善右衛門にかけ合った。

「お手討ちになったとて、申し上げます。これはかわいい娘の一世一代の願いごとでございますれば……」

夫婦となって初めて見せる、信乃の思い詰めた物言いに、善右衛門は気圧《けお》された。

「何を言いたいのだ。聞くだけ聞いてやろう」

かわいい娘への想いは自分とて同じである。まるで自分が千秋の幸せを奪わんとしているように聞こえるではないか。

善右衛門はそれが気に入らなかったが、一世一代の願いごとなどと言われると、無下には出来なかった。

「では申し上げますが、〝善喜堂〟の娘が町同心へ嫁ぐのは、先例がないものの、禁じられているわけではございますまい」

「禁じられているわけではない。だが、好ましくないゆえに、先例がなかったというわけだ」

「ならば町同心に嫁いだとて、法に触れるわけではないのですね」

「法に触れるわけではない……」

「好ましくない、というのは、どなたかが仰せられたのでございますか」

「それは……」

「旦那様がそのように思われているからですね」

信乃は理詰めできた。

「千秋は町人の娘だ。それをわざわざ、三十俵二人扶持の同心にやる謂《いわ》れはない」

「わたしは御庭番《おにわばん》の末娘として生まれたものの、色々細工を施した上で、町人である

〝善喜堂〟に、嫁ぎました……」

〝将軍家影武芸指南役〟の妻になる者は、御庭番、隠し目付、公儀隠密といった、特殊な武家の娘が町人身分になって、嫁ぐことになっている。

それを思えば、千秋も武家の娘となって、芦川柳之助の妻になってもよいではないかと信乃は言う。

「わたしはそうして旦那様に嫁ぎましたが、武家から町の娘に身を変えたことを、露ほども悔やんではおりません」

善右衛門は、言葉に詰まった。

千秋が三十俵二人扶持の町同心に嫁いだとて、本人が覚悟をしての嫁入りであれば、親があれこれ言うことではないと信乃に説かれると、返答のしようがない。

「いやしかし、このような婚儀は、御老中に伺いを立てねばなるまい」

「立ててあげればよいではありませんか」

信乃はすかさず言った。

「御老中のお言葉に従って、千秋は幾度ともなく危ない目に遭《お》うたのですよ。御老中はその借りをあの子に返さねばなりますまい」

「御老中に借りを返せとは何ごとだ」

「わたしは商人の妻ですから、貸し借りが物の考え方になっております」

「ならばお前は、御老中に会《お》うてかけ合えと言うのか?」

「左様でございます。御老中のお覚えの方が、娘の幸せより大事だと思う旦那様ではございますまい」

「当り前のことを言うな」

「それを聞いて安堵いたしました」

「うーむ……」

「あの子も十九なのです。頭の好いあの子が芦川様の妻になりたいと思うたのですよ。願いを叶えてあげようではありませんか。本当のところ、旦那様はそうお思いなのでしょう?」

信乃には完敗であった。思えばどこに嫁ごうと、心配の種は尽きまい。それなら千秋の願いを叶えてやれば、娘は何を悔やむことなく幸せを求めて生きていこう。挫《くじ》けそうになったら手を差し伸べてやればよい。

それが親の役目であり、生き甲斐ではないか。

——ひとまずお伺いを立ててみよう。

ついに彼は折れた。だが妻に言われて拝謁を請うのも癪《しやく》である。

信乃への返事はその場ではしなかった。そうして、仕事と称して青山邸へと向かったのだ。

善右衛門が伺いを立てると、御用繁多な下野守もすぐに面談を許す。

〝将軍家影武芸指南役〟は、あらゆる変事と向き合う役儀であるゆえ、支配としては何を措《お》いても会わねばならないのだ。

おまけに、青山下野守は、善右衛門の謹厳にしてどこか人情味とおかしみが漂う人となりを、以前から気に入っている。

会って話すと、何やら気が晴れるのである。

「御多忙の折、畏れ入りまする。実は、本日お目通りを願いましたのは、その、娘・千秋のことでございまして……」

善右衛門は恐縮の体で言上《ごんじょう》したが、

「おお、千秋か、息災にしておるか」

下野守は、その名を聞くだけで上機嫌になった。

子供の頃から武芸に対する天賦の才を見せつけ、何度となく少女である利点を活《い》かし、危険な任務に駆り出した千秋を、下野守は忘れていなかった。

〝善喜堂〟の扇の御用にかこつけて、何度か千秋を召したこともあった。

ふくよかで愛らしい娘を、下野守は大いに慈しんだものだが、千秋が最後に務めた一件が気になってもいた。

あの折は、見事に役目を終えたものの、逃げる際に細い塀と塀の隙間《すきま》に体が挟まり、危ない想いをしたと言う。

「所詮は娘のすることでございます……」

善右衛門は、今後は娘に任務は与えられないと詫《わ》びたが、下野守はそれが善右衛門の親心であると理解していた。

この先は、商家の娘として平穏な暮らしを送ってもらいたいと、善右衛門が考えるのも無理はない。

千秋はその失敗《しくじり》で心を痛めていたようだ。

女武芸者としての腕は惜しいが、殺伐とした過去を忘れ、穏やかに暮らさせてやりたいと、下野守も千秋に対してはそのように思っていたので、

「いよいよ、千秋も嫁に行く運びとなったのかのう」

目を細めつつ、善右衛門に訊《たず》ねたものだ。

「はい、正しくそのことで、申し上げたきことがございまして」

「やはりそうであったか。めでたいのう」

「それが、そうでもございませぬ」

「はて?」

「千秋が嫁ぎたいという相手が、南町奉行所の同心でございまして……」

「なに、奉行所の同心とな……」

下野守は身を乗り出した。

そして、一通り善右衛門の話を聞くと、しばし腕組みをして、しかつめらしい顔をしていたが、

「ふふふ、おもしろい娘じゃのう……。ははは、これはよい。千秋がそれを望むなら、すぐにでもとりはからってやればよかろう」

やがてそう言って笑い出した。

善右衛門は呆気《あっけ》にとられて、

「よろしいのでございまするか」

「一向に構わぬ。父親のおぬしが不承知なら仕方はないがのう」

「されど、御奉行は何と申されましょう」

南町奉行・筒井和泉守政憲《つついいずみのかみまさのり》は名奉行の誉《ほまれ》が高く、彼は〝善喜堂〟の正体を報《しら》されてもいる。

それゆえ、芦川柳之助は扇屋の娘と思って願い出て、与力が尽力してくれたとて、奉行はまずこれを許さぬであろうと思っていた。

「和泉守には、身共《みども》の方から申しておこう。〝善喜堂〟の娘が、武士に嫁いではならぬという法はあるまい。身分の違いはあるが、大名や旗本の息子に嫁ぐわけでもない。町方同心のことじゃ、どうにでもなろう。それとも三十俵二人扶持では不足か」

「いえ、そのようなことは……」

「定町廻りならば、役得が多いゆえ、暮らしには困るまい。まず、身分が近い武家の養女にして、嫁がせればよかろう」

さすがは切れ者の老中である。話の運びに無駄がない。

「とどのつまり、〝善喜先生〟が娘の願いを聞き入れ、身共がよいと申せば、この婚儀は成り立つのじゃよ」

下野守は、実に楽しそうであった。

「畏れ入りまする……」

善右衛門が感じ入ると、

「千秋には借りがあるゆえにのう。これで何やら肩の荷が下りた。町方同心の妻となった〝善喜先生〟の娘……。いやこれは楽しみではないか。はははは……」

下野守は高らかに笑った。

善右衛門は、信乃が言った通りにことが運ぶのがおもしろくなかったが、

「娘は泣いて喜びましょう。真に忝うございまする……」

老中がこれほど喜んでくれるなら、何も含むところはない。

すぐに青山邸を辞して店に戻り、千秋を呼ぶと、

「今日、ご老中に用があり、拝掲を賜ったのだが、そこでお前の話となった。すると、千秋には苦労をかけたゆえ、褒美をつかわそうと、ご老中が仰せになられてな……」

話の脈絡もおかしいままに、仏頂面で伝えた。

千秋の表情に爛漫《らんまん》たる喜びが表れた。

「褒美とは……、もしや芦川様に嫁いでもよいと……！」

この嬉々《きき》とした表情を見せられると、善右衛門はひとたまりもない。

「左様。言っておくが、お前は強いのだ。町方同心に嫁げば、腕が疼《うず》くこともあろうが、くれぐれも控えめにな。まず、夫婦が連理の枝となり、幸せに暮らすがよい……」

強がった顔は、たちまち綻《ほころ》びを見せ、声は詰まり、目には涙が滲《にじ》み出ていた。

「お父っさん……」

千秋は嬉《うれ》しさが爆発して、しばし声が出ず、彼女もまた目から涙を溢《あふ》れさせ、善右衛門をじっと見つめていたが、

「お父っさん、ありがとうございます！　ご恩は一生忘れません！」

やがて叫ぶように礼を言うと、ふくよかな体を揺らしながら、わんわんと泣き出したのであった。

第五章　八丁堀

（一）

「わざわざのお運び、忝《かたじけの》うございます……」

善右衛門《ぜんえもん》が厳かな表情で言った。

「とんでもないことでござる。この度の御厚情、何と御礼を申し上げてよいやら……」

芦川柳之助《あしかわりゅうのすけ》が、その前で辞を低くした。

町人と武士ではあるが、将軍家御用達を務める老舗《しにせ》の扇店〝善喜堂《ぜんきどう》〟の主人と、三十俵二人扶持《ににんぶち》の町同心では分限が違う。

おまけに、柳之助は善右衛門の娘を妻にしようとしている。

彼が畏《かしこ》まるのも無理はない。

娘の千秋《ちあき》は、

——何が何でも、わたしは芦川様の妻になりたい。

と、思い詰め、その情熱に絆《ほだ》された柳之助もまた、千秋に恋をして妻に望んだ。

「何としてでも、お父《と》っさんを説き伏せて、その首尾をお花《はな》に報《しら》せにやらせます」

千秋はそう言ったものの、八丁堀の組屋敷に、二人の間を取り持つお花が訪ねてくることはなかった。

それは、父親を説き伏せんとしてはねつけられたという証であった。

かくなる上は自分も周囲を説き伏せんと、母・夏枝《なつえ》の同意を得たものの、内密に相談をした与力・中島嘉兵衛《なかじまかへえ》からは、聞かなかったことにするから諦めろ、と取りつく島もなく窘《たしな》められる始末であった。

となれば、次は自分が善右衛門に会い、千秋を妻にもらい受けたいと直談判するしかない。

何もかもが、町同心としての常識に反しているのは承知している。

しかし、このままだと、千秋は思いつめて何をしでかすかわからない。

それほどまでに、千秋が柳之助を慕う想いの強さは、ひしひしと胸に迫っていた。

とはいえ、闇雲に訪ねたとて、どうにもなるまい。

〝善喜堂〟の主《あるじ》として、隙《すき》のない貫禄を備えている善右衛門である。

あの千秋の熱情をはねのけているとすれば、これは難敵だ。

思案している間に、数日が過ぎた。

すると、遂《つい》にお花が駆けつけてきて、

「お喜びください！　旦那様はお嬢様の願いを、お聞き入れになりました……！」

息も絶え絶えに告げたのであった。

「左様か……。ありがたい……。ありがたい……！」

柳之助は自分でも信じられぬくらいに、取り乱し、

「まず、まずは某《それがし》が、主殿に挨拶をいたさん……」

そして、非番のこの日、自ら〝善喜堂〟に出向いたというわけである。

「これはさぞかし主殿が、しかるべき筋に取りなしてくだされたのでござろう。申し訳ないことをいたした……」

柳之助は、ひたすらに感じ入った。

「どうぞ、お楽になされてくださりませ。かわいい娘が望むことでございます。父親としては、できるだけのことはしてやりたいと思いました。ただ、それだけのことでございますゆえ」

善右衛門は、改めて芦川柳之助と話してみて、彼の真っ直《まっす》ぐな想いを快く感じていた。

娘の千秋が、死ぬほど好きになった気持ちが、よくわかるというものだ。

「とは申しましても、千秋を芦川様に嫁がせるには、それなりに工夫をいたさねばなりません」

「で、ござろうな……」

「扇屋の娘を妻にしたとは、表向きには言えますまい」

「なるほど、その通りにござるな」

「千秋は、いったんいずれかのお武家様へ、養女に出し、そこから嫁にいくという形を調えねばならぬかと」

「畏れいってござる……」

柳之助は、険しい表情となった。

表向きは、そのようにしてもらわねばなるまい。

しかし、善右衛門の気持ちを考えると、柳之助は何とも気が重たかった。

形だけの養女とはいえ、〝善喜堂〟ほどの分限者が、自分の娘として世に送り出すこともままならず、どこぞの家へ養女に出さねばならぬとは——。

娘は千秋ただ一人だというのに、何たる辛《つら》い想いをさせるのかと、柳之助は申し訳なさに胸を締めつけられたのである。

——真っ直ぐで、男らしい婿ではないか。

そんな柳之助の様子を見て、善右衛門は、彼に対する親しみがますます湧いてきた。

どうせ愛娘を嫁にやると決めたのだ。

その相手をとことん援助してやろうではないか——。

そんな気持ちになってきたのである。

「まず、御奉行の筒井和泉守《つついいずみのかみ》様には、話が通っております。御役所では、どなたにお話をなさいました？」

「与力の中島様に……。聞かなかったことにすると言われてしまいましたが……」

「むしろその方が幸いです。ではこの話は中島様を通して進めていただきましょう。あまり、千秋の正体は知られぬ方がようございますゆえ」

「忝うござる……。御奉行にまで話が通っているとは、さすがは〝善喜堂〟の主殿。

されど、余計な頭を下げさせてしまいましたな」

「いえ、これで娘と縁が切れるわけでもなし、お見廻《みまわ》りの中に、そっと千秋の様子をお伝えくだされば嬉《うれ》しゅうござりまする」

「毎日でも伝えに立ち寄ることでござろう」

「ありがとうございます」

話すうちに善右衛門は、廻り方の同心に嫁ぐのも、悪い縁ではないと思えてきた。

善右衛門は威儀を正して、

「甘やかして育てたつもりはありませんが、何分八丁堀の様々な作法は身につけてはおりません。あれこれと至らぬところはありましょうが、娘がただ一筋にお慕い申し上げたのでございます。どうか、その心根を温かく受け止めてやってくださいませ。よろしくお願い申し上げます……」

と、恭しく言上した。

「あ、いや、ゆめゆめ粗略にはいたしませぬ。わたしは日の本一の嫁を娶《めと》ることができたと、心底喜んでおります」

柳之助は、善右衛門にすっかり気圧《けお》されて、しどろもどろになった。

彼は武士であり、それなりに剣術や捕縛術も修めてきたが、善右衛門が持つ迫力は、それらのどの師範よりも凄《すさま》じいものであった。

柳之助は、善右衛門が〝将軍家影武芸指南役〟という、恐ろしい武芸者であることを知らない。

それゆえ、善右衛門の総身から放たれる、えも言われぬ凄みを、

——子を慈しみ、これを手放す時の親の気持ちは、かくも強い嘆きとなって人を圧倒するものか。

と、捉えていた。

そこが芦川柳之助の純情なるところなのであるが、

——これは、わたしとしたことが。取り乱して、我を忘れてしまっているようじゃ。

善右衛門は、はたと気が付いて、昂《たか》まる想いを抑えていた。

感情を表に出すと、武芸者としての凄みが現れてしまう。

今は、あくまでも商人の顔をしていなければならない——。

だが、そこに善右衛門の人としての温もりがあるのだ。

善右衛門と柳之助の面談は、ただ二人だけで行われていたが、千秋を始めとする〝善喜堂〟の者達は皆、五感を集中させて二人の息遣いを窺《うかが》っていた。

いずれは知れることだと、善右衛門は店の奉公人達に、千秋が柳之助に嫁ぐことを

伝えていた。

奉公人達は、一様に千秋を慕っているゆえ、彼女が店を出ることを悲しんだが、彼らは皆、善右衛門の武芸の弟子でもあり、〝善喜堂〟の秘事を守りつつ扇屋の奉公人として勤めている。

そして、善右衛門の非情に成り切れぬ心根を知っていて、それを敬慕している。

主がいかに柳之助を迎え、千秋を託すのか気になって仕方がなかったのである。

やがて、芦川柳之助が目に涙を浮かべて、そっと〝善喜堂〟を出た時。店中に、安堵《あんど》の溜息《ためいき》が洩《も》れていたのである。

（二）

老中・青山下野守《あおやましもつけのかみ》からの口利きによって、〝善喜堂〟の娘千秋が、南町奉行所定町廻り同心・芦川柳之助に嫁ぐことは、南町奉行、筒井和泉守に裁可を得た。

和泉守は、〝善喜堂〟の裏の顔を知っていて、評判の女武芸者、千秋の噂は聞き及んでいたから、下野守がこの話を持ち出した時は、

「それはまた、おもしろい縁でござりまするな」

と、興がそそられた。

やがて、〝善喜堂〟の主、善右衛門からの申し出で、芦川柳之助が与力の中島嘉兵衛に内密の相談をしていたことがわかると、嘉兵衛をそっと召し出し、

「芦川が、そなたに伺いを立てた、〝善喜堂〟の娘じゃが、主からの願い出があり、添わせてやることにした。ついては、そなたが密《ひそ》かに面倒を見てやってくれ」

と申し付けた。

嘉兵衛は驚愕《きょうがく》した。

十中八九、善右衛門は娘を柳之助になど嫁がせまいと高を括《くく》っていたから、奉行までをも動かし、二人の婚儀を進めたとは、意外や意外であった。

同時に、自分が柳之助に対して、言下に諦めろと言ったことが気になった。何やら〝善喜堂〟から不興を買ったのではないかと思われたからだ。

和泉守は、そういう人情の機微をよく心得た名奉行である。たちまち嘉兵衛の想いを察して、

「そなたが、芦川によい返事をせなんだのは無理からぬことじゃ。それを気にかけずともよい」

と、労《ねぎら》った上で、

「芦川がそなたに打ち明けたのは、そのような思慮深いところを恃みに思うたのであろうのう」

と伝えた。そして芦川柳之助の妻が、〝善喜堂〟の娘であるという事実をわざわざ奉行所の者達に報せるまでもない。

千秋は、柳之助と分相応の武家の養女となってから、改めて芦川家に嫁ぐのだが、それらの段取りを、この一件について唯一知っている嘉兵衛にやってもらいたい。

そのように告げたものだ。

「ははッ、畏まってござりまする」

一転して嘉兵衛の表情は明るくなった。

奉行の言う通り、芦川柳之助が〝善喜堂〟の娘を妻に望み、主の善右衛門もこれを許したことを知っているのは、今のところ自分の他にはいない。

こういう秘事を託されるのは、己《おの》が世渡りとして悪くはない。

「まさか〝善喜堂〟がこの縁談を受け容《い》れるはずはないと思いましたが、それならば芦川にとっては幸せでござりまする。そっと世話を焼かせていただきまする」

と応えて、和泉守を喜ばせた。

そして、柳之助を呼び出し耳打ちすると、

「芦川、先だってはすまなんだな。おぬしがそこまで見込まれていたとは知らず、恥入るばかりだ。おれが表向きに、おぬしの縁談を進めることになった。内密にな……」

黙々と仕事を進めていった。

千秋の養家はすぐに決まった。

八丁堀の中で見つけるわけにもいかぬので、彼女は作事《さくじ》奉行配下の同心・内田源左《うちだげんざ》衛門《えもん》の養女となった。

縁談は、筒井和泉守の内与力に持ちかけられたことにした。

それで、奉行所内を見回すと、近頃亡父の後を継ぎ、定町廻り同心になったが、未《いま》だに妻帯していない、芦川柳之助がその候補にあがった――。

そういう筋書きであった。

内与力は、奉行の配下であり、かつ筒井家の家来である。

そこからの話となれば、和泉守のお声がかりも同じであるから、作事奉行配下の同心の娘に不審を言い立てる者もない。

「芦川の奴《やつ》、よい巡り合わせであったな」

ちょうど、そろそろ妻を娶らんとする折に、奉行絡みの縁談が舞い込んだのは幸運であると、多少羨望の的となったくらいであった。

〝善喜堂〟としては、いきなり娘が姿を消すのもおかしいので、

「〝善喜堂〟の娘に、上方の商人との縁談が持ち上がっているそうな……」

そのような噂を立てておいて、密かに養父・内田源左衛門との対面を果した後、ひと月の間、〝善喜堂〟に籠《こも》って武家の作法を修めた。

元より善右衛門は町人の姿をした武士である。

千秋も幼い頃から、武家としての作法は一通り教え込まれている。

今さら内田家に泊まり込むほどのものではないと判断したのである。

そうして千秋は、ゆえあって、しばらく他家に預けられていた内田家の娘として、儀式ごとは源左衛門の付き添いを得て、縁談を進めることが出来た。

願いが叶《かな》って柳之助に嫁ぐと決まってからは、ほとんど彼とは顔を合わせる機会がなかったので、

──わたしは、本当に嫁ぐことができるのかしら。

と、夢を見ているような気になったが、柳之助の母・夏枝が客に紛れて、密かに会いにきてくれた。

実母・信乃《しの》同様、おっとりとした風情の奥に、凜《りん》とした強い意思を感じられる女《ひと》で

あった。

「あなたのような娘ごに見込まれるとは柳之助もぼんやりと生きてはいなかったということですねえ。ほんにありがたい……」

物言いもはきはきとしておもしろみがあり、
千秋は思わず声を震わせ、

「幾久しゅう、よしなにお願い申し上げます……」

と低頭して、柳之助によく似た彼女の口許《くちもと》を、上目遣いに見つめていた。

「わたしの方こそ仲よくしてくださいませ……。なに、八丁堀の同心の家など、半分は町の人達と同じような暮らしぶりですから、気負わずともようございますよ」

夏枝はどこまでもくだけていて、やさしかった。

彼女の傍《そば》にいるだけで、柳之助がその向こうにいて自分に温かな目を向けてくれている心地がした。

それが、同心の家に嫁ぐ不安を吹きとばしてくれたのであった。

──次に柳之助様とお会いする時、わたしはあの方の妻になっているのだ！

夏枝との対面は、その想いを確かなものにしてくれた。

「旦那様……」

と、柳之助を呼ぶ自分を想像すると、一刻《いつとき》くらいうっとりと出来た。

夢心地の彼女には、周りを気遣う余裕が生まれなかったようだが、千秋との別れを惜しむ者の悲哀は、日に日に高まっていた。

善右衛門、信乃、兄の喜一郎《きいちろう》……、そして何よりも塞《ふさ》いでいたのは、女中のお花であった。

（三）

お花はそもそも、御庭番《おにわばん》を務める西村《にしむら》家の奉公人の娘であった。

幼少の頃から身のこなしが鋭敏で、それを見込まれて〝善喜堂〟の女中として奉公が叶った。

役目は、娘・千秋付きでこれは名誉なことであった。

身の回りの世話をしつつ、自分も文武を学び、娘が嫁ぐ折は、これに付いて嫁ぎ先へ行くか、自分もまた、〝善喜堂〟からしかるべき相手を見つけてもらって、嫁に行くのが習わしであったからだ。

この時代の女としては、幸せな道が約束されているのだ。喜ばねばなるまい。

周りの者達も、千秋が武家の養女となって、町同心に嫁ぐなどとは、思いもかけなかったが、千秋の幸せを喜ぶと共に、

「いずれにせよ、これでお花も一安心ではないか」

「そのうちに、旦那様もじっくりと好《よ》い嫁ぎ先を見つけてくださろう」

と、お花についても、皆一様にそう囁《ささや》き合っていた。

千秋が善右衛門の想いとは裏腹に、芦川柳之助に心を奪われ、彼の許へ嫁ぎたいと言い出した折は、

「お花、お前が付いていながら、何ということだ」

と、善右衛門からの叱責を受け、

「とんだとばっちりだったねえ……」

と、同情をされていただけに、すべてが落ち着き、善右衛門の機嫌も直った今は、お花の幸せにも目が向けられ始めたというわけである。

だが、お花はそれが哀《かな》しかった。

千秋には妹のようにかわいがられてきた。

何ごとに対しても好奇の目を向け、

「お花、これはいったいどういうものなのでしょうねえ」

と、問いかけてくる千秋との暮らしは、刺激に充《み》ちたものであった。

外出が好きで、その供をするのは何よりも楽しかった。

千秋に絡んだ破落戸《ごろつき》を、密かに痛い目に遭わせてやったこと。

町同心に恋をしてしまった千秋を傍で見ながら、その騒動に巻き込まれてしまったことなどは、何ごとにも代え難い喜びであった。

そして、何としても自分の恋を貫かんとした彼女に憧れを抱いたものだ。

しかし、千秋の恋の成就を喜んだものの、皮肉にもそれが、お花にとって千秋との別れとなってしまった。

千秋は二親《ふたおや》を安心させるためにも、二十歳《はたち》までに嫁すと心に決めていたし、傍にいるお花もそれをわかっていた。

そして、自分はまだ十六で嫁ぐには早い。千秋の嫁ぎ先に女中として付き従い、人妻となり、母となっていく千秋に、二、三年は仕えるつもりでいた。

千秋の新妻ぶりをしっかり見つめて、自分も真似《まね》をしたい――。

そのように考えていたのである。

ところが、千秋の嫁ぎ先は、町同心の家である。

禄高は三十俵二人扶持。武士の階級でいえば、〝足軽〟に位置する。

既に三平《さんぺい》という小者がいる上に、母・夏枝は元気そのもので、三平を使いながら家内をしっかりと切り盛りしている。

さらにそこへ千秋が嫁ぐのだ。女中を雇うなど分に過ぎていると言われよう。

そこにお花が入る余地はなかった。

それを思うと、お花の胸にはぽっかりと大きな穴が空いた。

どんな時でも打ち沈んだ顔を人には見せずに、明るい表情を浮かべているのが大事だ。そうしていると必ず自分に運が向いてくる。

千秋は、信乃にそのように教えられてきたという。

お花も、その教訓にはなるほどと思い、いつも千秋の表情を真似てきたので、千秋との別れを悲しむような顔を人前では見せなかった。

善右衛門は、千秋の嫁入り騒動に巻き込まれ、主人との間で板挟みになった感のあるお花を、

「お前にも苦労をかけたが、皆が羨《うらや》むような嫁ぎ先を、わたしがきっと見つけてあげるから、楽しみにしているがいい……」

そのように労ってくれた。

真《まこと》にありがたい話である。

女中を気遣い、そんなやさしい言葉をかけてくれる旦那様など、どこを探しても見当るまい。

「嬉しゅうございます。どうぞよしなにお願い申し上げます……」

どうせいつまでも千秋の傍にいられるわけもないのだ。ここは旦那様のお言葉をありがたく受け止めて、自分も世間が言う〝女の幸せ〟を歩もうと心を切り換え、日々晴れ晴れとした表情で過ごした。

すると、心を切り換えた二日目に、

「お花、あなたに話したいことがあります」

千秋に自室に呼ばれた。

芦川柳之助に嫁ぐと決まってからは、肉親の情を思って涙し、老中・青山下野守、南町奉行・筒井和泉守の厚情に感じ入り、〝善喜堂〟の奉公人達との別れを惜しみ、日々神妙な顔をしていた千秋であったが、この日は何やら怒気を浮かべていた。

かつてお花が、千秋の気持ちも知らず、芦川柳之助について、

「……若くて爽やかなのは好いですが、わたしにはどうも頼りなく見えますよ……」

などと言ってこき下ろした時と同じ、不機嫌な表情であった。

「わたしに話したいこと、でございますか……」

お花は小首を傾《かし》げたが、いよいよこの場で、改めて別れを告げられるのであろうかと、畏まった。

「お花は、お父っさんに、自分もこの折に好いところへ嫁ぎたいので、どうぞよしなにと頼んだそうですね」

千秋は、やや強い口調で言った。

「お頼みしたというよりも、旦那様のおやさしいお言葉にお応えしたというところでございますが……」

お花は、千秋がそれを聞いて、自分もこれで安心して芦川家に嫁げると、そこから別れの儀式に持ち込むのかと思ったのだが、

「お父っさんの言葉に応えようとした？　ではお花は、わたしから離れて、さっさと嫁ぐと言うの？」

千秋はいきなり口を尖《とが》らせた。

「え？」

お花は首を傾げた。

「お嬢様から離れるも何も、まさかわたしが芦川様のお屋敷に付いて行くわけには参りませんので」

「え？」

お花の言葉に、今度は千秋が首を傾げた。

「お花が、芦川様のお屋敷に付いて行けないとはどういうこと？」

お花は呆《あき》れ顔で、

「どうもこうもありません。わたしは誰からも、八丁堀にお供しろとは申し付けられてはおりません」

きっぱりと応えた。

千秋は顔を紅潮させて、

「申し付けるまでもないことでしょう。付いてくるなと言わない限り、あなたはわたしの傍にいるのが当り前です！」

「それなら、どうして旦那様は、わたしに嫁ぎ先を見つけてやる、楽しみにしているがいい……などと申されたのです」

「それは、あなたの聞き間違えなのでは？」

「確かにそう申されました！」

「だとすれば、お父っさんが何かとんでもない思い違いをしているということになりますねえ」

「思い違いという前に、お嬢様はわたしを連れていくと、はっきり旦那様に断りを入れられたのですか？」

「それは……、言っていません」

「では、旦那様が花をどこかへ片付けようとお思いになるのは無理もありません」

「そうですねえ」

「そうですねえ、ではありませんよ。芦川様のお屋敷に、女手は足りていると思っておりました」

「いや、でも、わたしと柳之助様との間では、お花を一緒に連れていくという話はまとまっていました」

「そうなのですか？」

「ええ。町方同心は三十俵二人扶持とはいえ、あれこれと役得のあるお務めゆえ、妻を娶り女中を一人雇うくらい何でもない。お母上様も、いつまでも若くはないので、お花のようなしっかり者がいてくれると助かると柳之助様が」

「わたしは存じません！　連れていってはくださらぬものだと思い、寂しい想いをいたしておりました」

「寂しい想いを……。でも、あなたはいつも明るい顔をしていたので……」

「どんな時でも明るくしているように……、お嬢様に教えていただいたことのひとつでございますから」

「そうでしたね。では、柳之助様がお父っさんにあなたのことを話すのを、お忘れになったのですねえ」

「お嬢様がお忘れになられたのでは……？」

千秋とお花の、いつもと変わらぬ賑《にぎ》やかなやり取りが戻ってきた。

特に、しっかりしているようで、時に思い込みで動いてしまうことがある。

千秋は、このところは嫁入りに心が浮かれて、気が方々にとんでいたので尚《なお》さらだ。

「わたしが忘れていたのかもしれませんねえ」

「存じません……」

お花は口を尖らせたが、すぐにその顔には満面に笑みが浮かんでいた。

「では、わたしはお嬢様と一緒に、八丁堀へ行けるのですね」

「もちろんです。誰が何と言おうが、攫《さら》ってでも、連れて参りますからね。ただ……」

「何でしょう？」

「連れて行けば、お花の嫁入りが、随分と遅れてしまうかもしれない。それでも来てくれる？」

千秋は包み込むような笑顔で問うた。

「言うまでもありません。来るなと言われても押しかけますから……」

お花は、たった今まで浮かべていた笑みを一転させて、顔を涙でくしゃくしゃにした。

「頼みますよ……」

こうなると千秋もつられてしまう。

このところは泣いてばかりの千秋であるが、かくして凄腕の女主従は、涙の内に爪と牙を隠しつつ、八丁堀へと乗り込むことになったのである。

（四）

思えば不思議な縁というしかない。

二十歳になるまでに嫁ぎたい。嫁ぐならこれと心に決めた人の許がよい。

結婚に憧れと夢を抱いた千秋が望んだ相手は、南町奉行所の廻り方同心であった。

どう考えても無理な結婚だが、千秋はどういうわけか、

――きっとこのお方と夫婦になる。

と、確信していた。

世間知らずも甚だしい。

芦川柳之助が、二人目、三人目の妻を迎えるなら、町の娘でも形式は武家の養女となって嫁ぐことはさほど難しくない。

しかし、柳之助は初婚であり、武士が妻を迎えるにあたって、これはありえない話であった。

それでも善右衛門が、表裏何《いず》れもの立場を利用して、老中・青山下野守の許しをすんなりと得ることができたのは、彼女が生まれながらに持ち合わせている強運であろう。

色んな人から、

「千秋のことだから、何とか望みを叶えてやろうではないか」

と、慈しませる彼女の人となりと、それが叶えられる環境とが合致したからに他ならない。

そして何よりも、千秋の情愛をしっかりと受け止め、彼女に振り回されながらも、妻にせんとの意志を貫いた柳之助の純情が、恋する二人を夫婦にしたのだ。

出会ってからたった三月《みつき》で夫婦になろうとしている二人だが、そもそもこの時代の夫婦は、婚礼の日に初めて顔を合わすことも珍しくない。

人生五十年と言われているのに、まどろこしく刻《とき》を過ごしてはいられない。

一瞬にして運命の出会いを悟り、恋を実らせるのも生きる上での気迫なのだ。

大店《おおだな》の娘の我儘《わがまま》と言われようが、若造の同心がおかしな娘に心を奪われたと誹《そし》られようが、すべてをはねつける覚悟で二人は遂に夫婦となった。

婚礼は淡々と進められた。

父の急死によって定町廻り同心となった柳之助は、何をするにも不慣れで慌《あわただ》しく暮らしていたので、

「芦川も少しは務めも落ち着いたゆえ、この機会に妻を娶ったのであろう」

と、誰も不思議には思わなかった。

結納は、内田源左衛門の屋敷へ、芦川家から贈られ、千秋の嫁入り道具も内田家から届けられる。

善右衛門はそれらをそっと見届けたが、同心の身分相応の儀式であるから、甚だ不本意な規模であった。

しかし、善右衛門の先祖は、伊藤一刀斎《いとういっとうさい》の高弟で〝善鬼《ぜんき》〟と言われた武芸者である。

下級武士とはいえ、武家の女房となった千秋を見ると、

——元よりこれが娘の正しい姿であったのだ。

そのように思えてきた。

〝将軍家影武芸指南役〟が、あくまでも自分の本分であり、扇屋の主は見せかけなのだ。

ところが二つの顔を使い分ける暮らしを生まれた時から続けていくと、豊かに安楽に過ごせる大店の主の顔でいる方が心地よくなってくる。

大店の娘として千秋を、華々しく嫁にやるのは世を欺く手段である。そこに武芸者の厳しさなどはなく、ただただ我が娘かわいさに贅沢《ぜいたく》をさせてやろうと浮かれている自分がいた。

そう考えると、芦川柳之助をこれと見込んで、見知らぬ世界へ飛び込んでいく千秋は立派ではないか。

八丁堀に嫁げば、娘に仕込んだ武芸も何かの折には役に立つ時があるかもしれない。

もちろん、千秋が芦川家へ嫁入りするに当っては、

「お前は、お奉行の声がかりで芦川家に嫁ぐことになった、内田源左衛門殿の娘だ。それゆえ、誰もお前をうがった目で見ることもなかろう。だからこそ、目立たぬよう

にな。くれぐれも軽々しくお前の強さを見せぬように……」

と、言い聞かせてはいたが、

――うむ？　そういえば御老中は、〝これは楽しみではないか〟と仰せになった。

もしや青山下野守が、千秋の八丁堀への嫁入りを快諾したのは、〝何か〟が起こるのをおもしろがっていたからではなかったか……。善右衛門は、はたとそれに気付いた。

とはいえその胸騒ぎは、娘の父としては心配であるが、武芸者としては何かを期待してしまう。

善右衛門の心は、娘を片付けたとて落ち着くものではなかったのである。

（五）

とはいえ――。

晴れて芦川柳之助の許に嫁入りした千秋は、姑《しゅうとめ》の夏枝、小者の三平に歓迎されて、堂々の花嫁ぶりであった。

付き従うお花も、夏枝からすぐに気に入られて、芦川家は幸せそのものだ。

八丁堀は、日本橋川、楓《もみじ》川、京橋川、亀島《かめじま》川に囲まれた地域で、与力、同心の組屋敷が建ち並んでいる。

粋で強面《こわもて》の役人達、彼らに公事《くじ》を頼みに来る人々が行き交い、緊張の中にも生き生きとした風情が漂っている。

千秋もお花も、日本橋の通りから少し東へ入り、楓川を渡ったところにこのような街があったのかと、しばし夢心地であった。

「まったく……千秋が何故《なぜ》この屋敷にいて、おれの世話をしているのだ?」

嫁いで数日は、そう言って千秋をからかってばかりの柳之助であった。

それは千秋にしてみても同じで、誰の目を憚《はばか》ることなく、屋敷にいる柳之助の傍近くにいられる自分の幸せを思うと、気が遠くなりそうであった。

不慣れな暮らしとはいえ、八丁堀を知り抜いた夏枝が万事そつなく教えてくれるので、何も恐れることはなかった。

大勢の家士がいるわけではなく、お花の手を借りつつ、家内の用をこなすのは、新鮮で楽しかった。

聡明な千秋であるから、たちまち日々の暮らしに慣れ、夏枝と三平を持ち前の明るさで大いに笑わせたものだ。

「千秋、ひとつ言っておくぞ」

嫁いだ夜、二人だけになると、柳之助はほのぼのとした声で、

「おれは、お前のふくよかな体つきが好きなのだ。その姿を眺めていると、心が落ち着き、気持ちが豊かになる。お前のふくよかさは、この家の平穏と安寧の印だ。どうか痩せないでくれ。お前が痩せたなら、それはおれが不甲斐ないからだ。もっと務めに励んで、お前にはこの上もなく幸せになってもらうから、よろしく頼んだぞ」

と、言ってくれた。

千秋はうっとりしながら、

「太った妻などみっとものうございますが、ほほほ、ふくよかなのがお好みとあらば、そのように努めましょう。でも油断をするとたちまち太りすぎてしまいます。これはなかなか難しゅうございますねえ」

と、朗らかに笑ってみせた。

何げない、そんな会話が楽しい。

そのうちに季節は秋になろうとしていた。

日々の暮らしに慣れると、千秋は柳之助への恋情をますます募らせて、

——どうしましょう。好きになりすぎて、柳之助様への想いを持て余してしまう。
どうしてよいかわからなくなってきた。
その気持ちはやがて、
——旦那様のお務めのお役に立ちたい。
何とも危なっかしい衝動へと変わっていくのであった。

第六章　試練

（一）

「よいか、芦川《あしかわ》、これは御奉行からのお達しゆえ、心して聞くがよい」

中島嘉兵衛《なかじまかへえ》は、いつになく厳しい表情で言った。

南町奉行所の古参与力で、日頃は穏やかな嘉兵衛であるが、さすがに長年色々な騒動に向き合ってきただけのことはある。

大事に当っては、その眼光に恐るべき凄《すご》みが漂う。

「心得ました」

応えたのは、定町《じようまち》廻り同心の芦川柳之助《りゆうのすけ》である。

ここは年寄同心詰所で、今は嘉兵衛と柳之助の他に役人はいない。いきなり奉行直々のお達しと言われて、五体に緊張が漲《みなぎ》った。

よほどの大事なのであろうと、心が昂《たか》ぶるのも無理はなかった。

「隠密廻りの須川佐兵衛《すがわさへえ》が、何者かに襲われたという話は聞き及んでいるか？」

「はい。深手を負われたとか……」

隠密廻りは奉行直属で、その名の通り変装して江戸市中を廻り、収集した風説を奉行に報告する役目を負っていた。

南北両奉行所に二人ずつ配されている。

さながら高等警察といったところで、悪人達はこの存在を恐れていた。

しかし、変装しての行動であるゆえ、危険にさらされることも多く、須川同心が何者かに襲われたのも、大きな犯罪が絡んでいると思われた。

そしてそういう特殊な一件であるだけに、詳細までは報《しら》されていなかったのである。

「須川はな、竜巻の嵩兵衛《こうべえ》一味についての探索をしていたのだ……」

「竜巻の嵩兵衛……」

奉行所勤めが浅くともその名は聞き及んでいる。

何年かに一度、竜巻のように江戸、上方に現れて、大店《おおだな》の蔵を荒らす盗賊一味である。

用意周到にことを進め、方々に乾分《こぶん》を配し、隠れ家や逃走経路を確保して、〝白浪のごとく消えてしまう〟と言われている。

だが、そのやり方は荒っぽく、少しでも騒ぎ立てる者がいれば、容赦なく殺害するので、大商人達を震撼《しんかん》させていた。

「竜巻一味が、江戸へ……？」

「どうやらそのようなのだ」

「手がかりを摑《つか》んだのであれば、これは大層なお手柄でございますね」

「左様、竜巻の嵩兵衛の乾分でも古株の、七軒《しちけん》の徹造《てつぞう》という野郎を、須川の手先が見かけたというのだ」

「それで、須川殿は一味の者に襲われたのでしょうか？」

「いや、それはようわからぬ……」

そもそも隠密廻りは、危険な場所に身を置いているので、竜巻一味以外の者が、須川佐兵衛を敵の刺客と勘違いして、襲撃したかもしれないと、嘉兵衛は言った。

須川同心は、遊び人の風体で鉄砲洲《てつぽうず》の浜を歩いていたところを三人組に襲われた。

その折は彼も、懐に呑《の》んだ短刀で、相手の一人に手傷を負わせたので、残る二人はそ奴を抱えて逃げた。

しかし、須川同心も高股《たかもも》を斬られ、力尽きたが、通りすがりの武士の一群に助けられたという。

「須川の傷は思うたよりも深いものでな。隠密方は二人。すぐに須川の穴を埋められるものでもない」

今一人の隠密廻りにも、現在とりかかっている一件があり、そこから離れられないのである。

「それで、わたくしが、須川殿に代わってこの一件を……」

「というのが、御奉行の御意向じゃ」

嘉兵衛は言葉に力を込めた。

「身の誉《ほま》れにござりまする」

柳之助は畏《かしこ》まってみせた。

柳之助は、まだ定町廻りとなって日が浅いので、それほど悪党達に顔が売れてもいまい。

役人独特の癖の強さも、体から発散されていない。

侍崩れの風流人などに扮して市井に潜入したとて悪目立ちすることもなかろう。南町奉行・筒井《つつい》和泉守政憲《いずみのかみまさのり》は、そのように考えたのに違いない。

それでも、この役儀はなかなかに大変なものである。

度胸もあり、それなりに腕が立たないと務まるまい。

後れをとるつもりはないが、

――果たして自分に務まるであろうか。

という不安も一方ではある。

しかし、これをやりこなせば、芦川柳之助の奉行所での覚えも確かなものになるであろう。

相手は凶悪な賊・竜巻の嵩兵衛一味である。

こ奴らによって、罪無き者の命がいくつも奪われているのだ。

柳之助は、その事実に以前から怒りを募らせていた。

「役人の冥利《みようり》にござりまする。命にかえても一味を追い込んでみせましょう」

自《おの》ずと鼻息も荒くなる。

「うむ、頼もしい限りではあるが、相手は大物だ。焦らずに尻尾《しつぽ》を摑むことじゃ。己一人で捕えてやろうなどとは思うでないぞ」

「お言葉、確《しか》と胸に刻んでおきまする」

「それでよい。須川が使っていた手先の者は九平次《くへいじ》というてな。以前に盗人《ぬすつと》の一味にいた男だ。門脇の番所に控えさせてあるゆえ、何なりと申しつけよ」

「はい」

「さらに御奉行は、こうも申された」

嘉兵衛は少し渋い表情となって、

「芦川は、妻《めと》を娶ったばかりというのに、このような危ない役目に就かせるのは、いささか忍びない、とな」

と、低い声で言った。

「ありがたき幸せに存じまする」

柳之助は、和泉守の気遣いが嬉《うれ》しくて、思わず声を震わせた。

「武家の養女とはいえ、それは表向きで〝お嬢様〟と呼ばれて大事に育てられた大店の娘だ。武家の妻としての覚悟など、身についてはおるまい。ここはおぬしから因果を含めておくようにとの仰せであったぞ」

「真に恐れ入りまする……」

柳之助は深々と頭を下げたが、一方では心の内で、

――おかしな話ではないか。

と思っていた。

確かに柳之助から見て千秋は、大店の箱入り娘である。

町方同心の中でも、三廻りと呼ばれる同心は、犯罪捜査に手を染めるゆえ、時には危険に直面すると頭ではわかっていても、その実感はなかなか湧いてくるものではあるまい。

今度のように、襲撃を受け深手を負った者の代わりを務めるとなれば、むしろ何も耳に入れぬ方がよいのではなかろうか。

和泉守は、清濁併せ呑む人物であり、このような場合はむしろ、

「妻女には知らさぬ方がよかろう」

と、言うのではないかと考えたのである。

しかし、わざわざ与力の中島嘉兵衛が、奉行の言葉として伝えるのだから、間違いなくそのように告げたのであろう。

はっきりと隠しごとをせずに、妻には己が仕事の重大さを言い聞かせておく。

それが千秋を武家の妻として育てる、何よりの方策だと奉行は思っているようだ。

元来、素直な柳之助は、信頼出来る中島与力から告げられると、

――なるほど、そういう考えもあろう。

と、すぐに考えを改めて、得心したものだ。

だが、後になって考えてみると、この時の和泉守の気遣いは、多分にあることを期待しての方便であったと、気付かされるのである。

（二）

その後、芦川柳之助は、須川佐兵衛が使っていたという密偵・九平次と会い、これまでの流れを確かめた。

九平次は三十過ぎで、渡世を生き抜いてきた凄みが、無駄のない引き締まった体の節々から伝わってくる男であった。

そういう九平次である。柳之助を見て、

――同心になって一年足らずか。どこか頼りなさそうな旦那だなあ。

などと思うのではないかと、案じられたが、

「旦那のような真っ直ぐなお心を持ったお方の下でお務めができるとは、ありがたいことでございます」

九平次は、柳之助の飾らぬ人柄に、むしろ心を打たれたらしく、

「須川の旦那を、酷《ひで》え目に遭わせた奴らをきっと見つけ出してごらんに入れますので、どうぞよろしくお願《ねげ》えいたしやす……」

柳之助への忠誠を誓ったのであった。

九平次が柳之助に伝えた情報は貴重なものであった。

竜巻の嵩兵衛は、人里離れた寮や百姓屋を拠点にしたりはしない。

むしろ人出で賑《にぎわ》うところに隠れ、役人達の動きを確かめる戦法を駆使してきた。

彼らに近寄ろうとしても、先に一味の者の目に付き、連中は隠れ場所を変えて、的を絞らせないのである。

と、なると、まず求められるのは、連中が潜んでいそうな酒場などに潜入して、竜巻一味の者が、どういう反応を示すかを確かめることである。

「まず危ない橋を渡らねえといけやせんが、奴らの影を見つけるには、そんなところから始めねえといけねえようです」

と、九平次は言った。

それならば、柳之助は物持ちの浪人のふりをして盛り場に出入りして、危険に身をさらしつつ、手がかりを摑んでいくしかあるまい。

九平次との話はそのように決まった。

後は屋敷へ帰ってから、千秋に話さねばならなかった。

恋女房に、こんな話をすれば柳之助の身を案じるあまり、気がおかしくなるのではなかろうか。

しかし、千秋は聡明でなかなかに気丈な女である。

自分も武家の女になった以上、夫が拝命した仕事に異を唱えることなど出来ぬとわかっているはずだ。

それをいちいち確かめたり、宥《なだ》めたりする必要はあるまい。

奉行が言うように、ここははっきりと、危険な務めではあるが、同心にとっては真に栄誉な役儀に就くことになった。屋敷を空ける日もあろうが、しっかりと家を守ってもらいたいと伝えよう。

何ごとも初めが肝心である。

こともなげに言ってのければ、それが廻り方同心の日常だと思うはずだ。

あれこれと考えながら屋敷へ帰った柳之助は、考えれば考えるほど、自分にとって千秋がいかに大切な存在であるかを思い知らされた。

――かくなる上は、母の前で千秋に話すとしよう。

柳之助は、屋敷に着く頃にはそのように決めていた。

「千秋、今日、御奉行からの大事な御役を拝命した。母上にもお話ししておきますが、これは大変な栄誉ですぞ」

そして夕餉《ゆうげ》の折にそう切り出したものだ。

「左様で……。それはおめでとうございます」

母・夏枝《なつえ》は手放しで喜んだ。

大事な御役というからには、それだけ大変な目に遭うかもしれないのであろうが、それを乗り越えるのが武家の本分なのだ。

自分がまず喜んでみせる――。

それによって新妻の千秋に、同心の妻の心得を示したのだ。

「御奉行様からのお声がかりでございますか。それはまた、大したものでございますねえ」

千秋とて、柳之助の張り詰めた表情を見れば、その御役が一筋縄ではいかぬものであると容易に想像出来たが、ひとまず栄誉を共に喜び、明日からは機嫌よく送り出さねばなるまいと考え、努めて明るく言った。

「ついては、時に屋敷を空けねばならぬ日も出てこようが何の心配もいらぬ。留守を頼んだぞ」

「畏まりました……」

千秋はそう応えたものの、深い理由や詳細は何も問わなかった。

柳之助が、名誉なことだと喜んでいるのだ。それに対してあれこれ問えば、その想いを無駄にしてしまうかもしれないと思ったからだ。

奉行からの命となれば、これは特殊な任務であろう。しかも、夫の口振りから察するに、かなり危険なものであるらしい。

いつもと違う夫の様子に、大店のお嬢様であった千秋は不安に思うかもしれない。かといって、詳しく語り聞かせると、さらに不安は募るはずだ。

ゆえに、こんなことは、八丁堀同心にはよくあることで、心配するほどのものでもないのだ。

そんな風に宥めておこうと、柳之助は考えているのに違いない。

千秋は勘がよく、頭の回転が実に速い。

そして、こういうときの胆《きも》の据り方は、柳之助よりも大したものなのだ。

特殊任務をこなした数は、柳之助の比ではない。

それゆえ、あれこれ問うと、大店の娘では思いもつかないようなことにまで話が及

び、

「千秋、お前はいったい何者なのだ……」

と、かえって柳之助を驚かせるかもしれない。

千秋はそれを恐れて黙っていたのだ。

しかし、大事な旦那様が明らかに危ない御役に就こうとしている。

これを自分は、ただ黙って、か弱き女として見ていられるはずがない。

「留守を頼んだぞ」

と言われて、

「畏まりました」

静々と応えたが、頭の中では、

――何として、旦那様をお助けすればよいのやら。

そればかりを考えていた。

すると、柳之助は、

「時に千秋、お前の叔父に頼みごとをしてくれないか」

千秋にそんな話をしてきた。

「勘兵衛《かんべえ》の叔父さんにですか？　何なりと」

彼女は声を弾ませた。何かとっかかりを得られれば、自分もそれにかこつけて、動き易くなるというものだ。

「役所や番屋の他に、配下の者との繋《つな》ぎの場が要るのだが……」

その場を、勘兵衛が営む船宿〝よど屋〟の一間にしたいのだと、柳之助は言った。

そんな場所を探すのなら、妻の縁者に頼らず、御用聞きを動かして見つければよいものだが、柳之助にはまだそのような伝手《つて》を得る術《すべ》がないようだ。

「お安い御用にございます。叔父は商売柄、口が堅《かと》うございますし、あれでなかなか俠気《きょうき》に富んでおりますので、喜んで御役に立ちましょう」

千秋は嬉々《きき》とした表情を浮かべた。

「うむ、確かにそのようだったな。あの時もなかなかよく動いてくれた」

柳之助は、給仕に出ていた女中のお花《はな》に、頰笑《ほおえ》んだ。

あの時とは、千秋が柳之助に何かと辛《つら》く当る臨時廻り同心・河原祐之助《かわはらゆうのすけ》を、密《ひそ》かに襲撃し、三光稲荷《さんこういなり》奥の雑木林の立木に縄で括《くく》りつけてやった時のことである。

千秋は柳之助を町中で呼び止めて、勘兵衛が折入って柳之助に話があると言っていると持ちかけ、お花に〝よど屋〟へ案内させた。

そして自分は、常磐津《ときわず》の師匠のところに忘れ物をしたと言ってその場から離れ、河原を襲撃した。

千秋と組んでいる勘兵衛はその間、近頃うちの船宿に、怪しい者が出入りしている。もしや盗人の仲間ではないであろうかと案じていると柳之助に相談をして間を繋いだ。

やがて船宿に駆け込んできた千秋が、

「三光稲荷のお社の裏から、何やら人の呻《うめ》き声が聞こえてくるのです……」

と、告げ、柳之助は何者かに十手《じって》を奪われたと、泣いて助けを求める河原を危機から救ってやった。

以来、河原は柳之助に恩義を覚え、一切彼に辛く当ることはなくなった。

それもこれも、千秋が勘兵衛の智恵を借りての一策であったのだが、柳之助は今でもその真相を知らない。

〝よど屋〟の主・勘兵衛は、日頃より船宿に来る客の中に怪しい者はいないかを見極め、時には役人に報せる用心深い男として柳之助の目に映っていた。

そして、あの一件で千秋との仲が深まった気がするし、今や身内となれば、よど屋勘兵衛は、柳之助にとっては誰よりも信頼がおける船宿の主と言えよう。

お花は、それらが千秋が柳之助恋しさのあまりに行ったことと知らず、千秋、お花とのよい思い出として捉えている柳之助を、

——ほんに、好《い》い旦那様ですこと。

と、つくづく思った。

そして、〝よど屋〟を繋ぎ場にすれば、この先、千秋が陰で柳之助を助けるには好都合になる。自分もまた千秋を助けて一暴れ出来るのではなかろうかと血が騒いだ。

「よど屋殿は、話のわかる男と見た。千秋、よろしく頼んだよ。だが、母上も皆もこのことは一切口外しないように。なに、埒《らち》が明けたら、笑い話として話そうよ」

終始にこやかに話し終えた柳之助に、三人の女達はそれぞれ恭しく頭を下げて応えたが、それぞれ、腹の内で何を考えているかしれたものではなかったのである。

（三）

千秋は、柳之助から話を聞いた翌日、朝からお花を連れて、江戸橋の〝よど屋〟へと向かった。

家の女達には口外せぬようにと申し付けつつ、柳之助が〝よど屋〟を繋ぎ場所として使いたいと言ってくれたのは、千秋を大いに感激させた。

千秋は表向き、作事《さくじ》奉行配下の同心・内田源左衛門《うちだげんざえもん》の娘として嫁いだわけだが、柳之助は実の叔父である勘兵衛を親類と思い、信頼してくれた。

それがまず嬉しかった。

夫婦であるというのは、そういうことの積み重ねなのだと、心が浮き立ってくるのだ。

そしてその一方では、愛《いと》しい旦那様にもしものことがあるなら、

――ああ、わたしはもう生きてはいけない。よし！　同じ死ぬなら、とことん戦ってやる。

と勝手にもだえていた。

勘兵衛に会って話せば、その瞬間から、柳之助の情報は千秋の耳にことごとく届くことになろう。

勘兵衛は千秋にとっては、どこまでも物わかりがよく、そっと自分に手を差し伸べてくれる叔父なのだ。

それにしても、柳之助はよくぞ勘兵衛の船宿を繋ぎ場にせんと思い立ったものである。

洒脱《しゃだつ》で風流人であるが侠気を持ち合わせている男――。

柳之助はただそのように思っているが、勘兵衛は〝将軍家影武芸指南役〟である善

右衛門の弟にして、あらゆる武芸に長《た》けている。

指南役の一族は、徒《いたず》らにその才を世間にひけらかしてはいけないことになっているが、勘兵衛は千秋のためとなれば惜し気もなく発揮してくれる。

もし柳之助が危ない仕事をしていたとしても、勘兵衛が絡んでいれば、そっと助勢をしてくれよう。

それゆえどこにいるよりも〝よど屋〟は柳之助にとって安全な場所であるはずだ。

千秋の想いは、お花には何もかもお見通しであるし、千秋もいちいちそれを確かめたりはしない。

八丁堀から江戸橋までは、あっという間の道のりである。

その間、ふっくらとした顔をさらにふくらませて何かを企《たくら》む千秋は、その表情だけで、

――わたしは、じっとしていませんよ！

という想いを十分過ぎるくらいに、お花に告げていた。

船宿に着いて、腰高障子から中へ入ると、座敷の衝立《ついたて》の向こうから、勘兵衛がいきなり顔を出した。

「ふふふ、千秋、久しいなあ……」

いつものように、かわいくて仕方がない千秋が船宿に近づくだけで、この叔父は気配がわかるらしい。

「武家の妻は、商家の娘よりももっと、外へ出辛いものなのよ」

千秋は、ふっと笑った。

「であろうな。武家の女が外へ出るというのは、盆暮の挨拶、親類縁者の吉凶、親の命日の墓参り、後はまあ、お社への参詣、それくらいのものだ。で、娑婆《しゃば》が恋しくなって、逃げ出してきたか?」

勘兵衛はいきなりからかってきた。

「おあいにくさまでござりまする。わたくしは、旦那様のお傍《そば》近くにいられるのならば、町になど出とうはござりませぬ」

千秋は武家の妻女としてやり返す。

「左様にございまするか。ならば御新造《ごしんぞう》様、まず、まずはこれへ……」

勘兵衛は、芝居がかった物言いで、千秋とお花を自室に請《しょう》じ入れた。

一通り馬鹿馬鹿しいやり取りを楽しんだ後、

「これは旦那様からのお話でございまして……」

と、千秋は概要を告げた。

「なるほど、この船宿を隠れ場にしたいとの仰せなのじゃな。ふふふ、これはおもしろそうな……」

勘兵衛はこのところいささか退屈していたようで、

「いつでもお役に立たせていただきたいと、お伝えしておくれ」

と、目を輝かせた。

「ふふふ、千秋、お前もお花と二人で、随分とこの先、忙しくなりそうだな」

そして、自分にはお前が考えていることなど、すべてお見通しだと言わんばかりに、ニヤリと笑ったのである。

（四）

霊岸島《れいがんじま》の亀島《かめじま》川沿岸部は、埋立地である。

しかし、この埋立が十分でなかったようで、どうも足場が悪く、地面がぶよぶよとしていたので、〝蒟蒻島《こんにやくじま》〟と呼ばれていた。

ここには岡場所があり、新興地独特の謎めいた盛り場の風情が醸し出されている。

それゆえ、堅気の者が土地に馴染《なじ》むことは、まずなかった。

この裏町に、〝ろぢうら〟という、何とも荒んだ名の居酒屋がある。

その名の通り、表の方では暮らし辛い、脛《すね》に傷持つ者が集う店で、揉《も》めごとが絶えなかった。

それでも、昨夜は酔って喧嘩《けんか》していた連中が、翌日になると、そんなことなどすっかりと忘れたような顔になり、まるで互いを気にすることなく飲んでいる大らかさもある。

とにかく、過去を問われたくない者や、世を拗《す》ねた者が通うにはちょうどよい、安酒場といえる。

芦川柳之助は、ここ数日、この〝ろぢうら〟に通っていた。

密偵の九平次が、

「まず、この店が怪しゅうございます」

と、言うからだ。

彼はこの近くで、七軒の徹造を見かけたという。

九平次はかつて盗人一味にいたこともあるが、今はその世界から遠ざかっている。

ゆえに彼がここに出入りすると、中には顔を知っている者がいて、とんと見ぬようになった男がうろうろしているのを、

——奴は役人の犬になっているのかもしれねえぞ。

そのように眺めるかもしれない。

「まずその店はおれが当るから、お前は他で探りを入れてくれ」

柳之助はそう言って単身で、店に来ては安酒を飲んでいるのだ。

朝から奉行所へ出仕し、昼頃になると船宿〝よど屋〟に入り、ここで御家人崩れで、刀剣の売買をしている、〝芦田隆三郎《あしだりゅうさぶろう》〟となってから、蒟蒻島に出る。

そうして探索を終えると再び〝よど屋〟で、同心に戻り、八丁堀へ帰るというわけだ。

小者の三平《さんぺい》も〝ろぢうら〟へは供をさせてもらえなかった。

三平は柳之助の親の代から見廻りに付いていたし、方々に遣いに出ているので、柳之助よりも顔がさすかもしれぬと思われたからだ。

隠密廻りの手先となるには、まだ彼は変装や、立廻りの仕方に慣れていないので、柳之助は一人の方がかえって動き易かったのである。

とはいえ不慣れなのは柳之助も同じであったが、唯一、彼の変身を知らされている勘兵衛が、あれこれ〝芦田隆三郎〟作りに手を貸してくれて、少しは様になってきた。

勘兵衛には、

「隠密廻りの助っ人というところでね」

それだけを伝えてあった。

だが、勘兵衛は柳之助が、蒟蒻島の〝ろぢうら〟に、夜な夜な酒を飲みに行っていることはすぐに察知していた。

「どうぞお気をつけて……」

と送り出した後、勘兵衛は自ら後をつけたのである。

八丁堀同心とはいえ、まだまだ柳之助は百戦練磨とは言い難い。

勘兵衛に後をつけられているとはまるで気付かずにいたのだ。

そして、その情報は〝よど屋〟の者によって、そっと千秋に伝えられていた。

千秋は夏枝の前に手をついて、

「旦那様は、どうやら大変な御役目につかれているようです。女のわたしには何もできませぬが、せめて人知れず、百日詣をいたしとうございます」

夜の人気《ひとけ》のない折を見はからって、八丁堀の北方にある薬師堂に詣でることを許していただきたいと申し出た。

夏枝は柳之助の母親らしく、真っ直ぐな気性である。

嫁が息子の身を案じて百日詣をするというなら、それは聞き容《い》れてやらねばならな

いと、

「あなたが柳之助を思う気持ちは、端で見ていてよくわかります。お花を連れて詣でればようございましょう。わたしの分まで願をかけてくださいね」

嫁の気持ちを素直に捉え、

「柳之助には内緒にしておきましょう」

と、送り出してくれた。

薬師堂は、八丁堀組屋敷のすぐ近くであるし、この界隈《かいわい》に賊が出ることもなかろう。

夏枝は、〝何かやらかしてくれそうな〟この嫁には、屋敷の内に止《とど》まらず、柳之助の支えになってくれたらと思い始めている。

表と奥の区別がある大身の武士ならともかく、三十俵二人扶持《ににんぶち》の同心なのだ。

妻もまた一家の大きな戦力であるべきだと、夏枝は以前から考えていた。

「義母上《ははうえ》！　ありがとうございます！」

こうして、千秋は外出の機会を得て、お花を連れて薬師堂へ。

願はかけるが、すぐに韋駄天《いだてん》のごとく蒟蒻島へと駆ける。霊岸橋を渡ると稲荷社で勘兵衛と落ち合い、町の女に変装する。

そこからはしばし、〝ろぢうら〟の様子をそっと見守るのだ。

薬師堂からここまではほど近い。それがありがたかった。

百日詣と言いつつ、蒟蒻島で一刻ばかり時を過ごすのである。いったい何をしているのかと思われても仕方がない。

しかし夏枝はそれを問い質《ただ》すことなく、

「念入りにお詣《まい》りしてくれたのですね」

で、すませてくれる。

大店の娘なのだ。近くに席を求め、そこで体を休めつつ何度も詣っていると解してくれているのであろうか。

夏枝は汗だくになって、柳之助の帰宅前には戻ってくる千秋のえも言われぬ気迫に触れると、何もかも許すつもりになるらしい。

やさしい義母を欺いているようで心苦しいが、今はそれに甘えよう、すべては柳之助様のためだと自分に言い聞かせていた。

柳之助に対する愛しさが、少しも衰えることなく、日々、どうしようかというくらいに募ってきている千秋である。

どうしても屋敷でじっとしていられなかった。

柳之助は、それなりに一刀流を修め、捕縛術にも定評があるのだが、こういう隠密行動には不安が残る。

これについては、どう考えても、

「わたしの方が腕が立つ」

のである。

夫婦は共に生きるのだ。男女がどうあれ、強い方がじっとしているのはおかしい。

千秋は、手には三味線、頭に菅笠《すげがさ》、女太夫の門付《かどづ》けの姿となって、ゆったりと通りを行く。

目当ての〝ろぢうら〟がある通りは、向かいも両隣も酒場で、妖しげな行灯《あんどん》の光に彩られ、吹き溜《だ》まりを魅惑的に染めていた。

前を通ると、縄暖簾《のれん》の向こうに、芦田隆三郎と化した、芦川柳之助の姿が見えた。

彼は遊び人風の男二人と酒を酌み交わしつつ、

「とにかくね、おれはまったくついていねえのさ……」

と、世を拗ねた物言いをしていた。

なるほど御家人の次男坊で、ぐれた愚痴を言いつつ、日々いかさまな商売に手を染めている武士に成り切っているのか──。

そうして、何かの一件についての手がかりを求めている。

夫の正義のための奮闘に、千秋の胸は熱くなっていた。

ここへ来るまでに、千秋は小者の三平に、

「旦那様はどのような御役目をなさるのです？」

そっと訊《たず》ねていた。

三平は、柳之助の潜入捜査においては、供が叶《かな》わずにいたが、九平次とも会っているゆえ、あらましだけはわかっていた。

柳之助からは、千秋が訊ねても言葉を濁しておくように言われていたので、黙っておこうかとも思ったのであるが、

「あなたに訊《き》いたことは黙っておきますから、大よそだけでも教えて」

願をかけるにも、少しは内容に触れねば利益がないと、真剣な目差《まなざ》しで問われると、黙っていられなくなった。

それで、凶悪な賊の情報を探るために、酒場に潜入されているが、見慣れぬ顔を見ると、気持ち悪がってまず喧嘩を売ってくる奴らがいる。

この酒場周辺を隠れ場にしている者は、喧嘩の様子を見て、新参者がどういう男なのか見極めるらしいと千秋に告げたのだ。

やくざ者同士の争いで命を狙われている者。元は侍の敵持ち。罪科《つみとが》を犯して役人か

ら逃れている者。

そんな奴らが大勢潜む町であるから、互助のために、何やら気に入らない者を血祭りにあげるのだ。

御家人の次男坊で、身の不運を嘆いている頼りなげな武士。

そういう男を演じていれば、まず喧嘩を吹っかける者もいまい。

柳之助はそのように思ったし、勘兵衛も〝芦田隆三郎〟の出来映えに対しては、

「どんなことに当っておいでかは知らないが、よく化けておいでだよ」

と、千秋に報せていた。

だが、これぱかりは荒くれが集うところゆえ、何が起こるかわからない。

そういうやさ男が気に入らねば、その時の気分で喧嘩を売ってくるのが、正気を失った連中のすることなのだ。

勘兵衛は、亀島川の岸辺に猪牙船《ちよきぶね》を停《と》めて、今はこれに乗り、異変に備えている。

千秋は門付けの連れにお花を従え、夜道を行くが、

——退屈が苦にならないのかしら。

と、叔父を思いやっていた。

いくら姪《めい》がかわいいといっても、夜な夜な柳之助の番をする千秋に付合ってくれる

とは真におもしろい人ではないか。

こうして出張ってきても、何の騒ぎも起こらぬままに終るかもしれぬというのに——。

しかし、やはり平穏無事な夜が続かぬのが〝ろぢうら〟という店であった。

（五）

「あの二本差、どうも目障りで仕方がねえや」

酒場の片隅にいた痩せぎすの男が言った。

「ついてねえ、ついてねえとよう。ああいう野郎がいると、こっちの運まで尽きちまうってものさ」

目障りな男というのは、芦田隆三郎こと、芦川柳之助のことである。

やはり、彼は目をつけられていた。

いくら上手に化けたとて、裏の道を歩んできた者には、柳之助は御家人崩れの遊び人のようには見えなかった。

食うに困っていない武士に見えるのは、どうしても柳之助の育ちと、現在の幸せな日々が顔に表れてしまうからであろう。

勘兵衛さえも認めた変装も、何回も続けて姿を見せていると、綻《ほころ》びが出て、中身が見えてくるのだ。

痩せぎすは、数人の破落戸《ごろつき》に柳之助襲撃を促したのである。

破落戸達は、痩せぎすの乾分というわけでもないが、度々酒を飲ませてもらっている。

痩せぎすの旦那にも何か事情があり、ああいう何者かわからない男は、とりあえず脅しておきたくなるのであろう。

そして、ただ酒にありつくだけの理由で、人を痛めつけようという、とんでもない奴らがここにはごろごろしているのだ。

「なあ、何かおもしろいことはないかい。一杯おごるから、教えてくれよ……」

相変わらず世を拗ねる柳之助であったが、彼の話を聞いていた遊び人達は、すっといなくなった。

痩せぎすに促された破落戸達が四人連れ立って、柳之助の周りに集まってきたからだ。

「おうおう、さっきから聞いていりゃあ、ついてねえだの、おもしろくねえだのと、うるせえ野郎だ」

「こっちまで景気が悪くならぁ」

四人は柳之助に絡み始めた。

——きやがったか。

柳之助は、やはり喧嘩は避けられなかったかと覚悟を決めたが、四人でいきなり絡んでくるとは、いささか面食らった。

今、酒を飲ませてやった連中が、せめてこちら側についてくれるかと思ったが、甘い考えであったようだ。

「そうかい。お前達まで景気が悪くなるか。そいつはすまなかったな」

柳之助は、ひとまずやさ男を演じ続けて、今日のところは出直そうとした。

「何でえ、手前《てめえ》、尻尾をまいて逃げようってえのかい」

そういうと、一人がいきなり柳之助を縄暖簾の外へと押し出した。

——何という無法者だ。

さすがに柳之助も頭にきた。

振り向きざま、勢いにのって外へ出てきた一人の足を踏みつけると、前のめりになったそ奴を蹴り上げた。

そこからはたちまち喧嘩となった。

こんなところで刀を抜くわけにもいかない。

柳之助は腰の刀を鞘《さや》ごと抜くと、今一人の腹を瑠《こじり》で突いた。

しかし、残る二人が棒切れを振回して迫ってきて、柳之助は劣勢となった。

蹴られても突かれても、破落戸四人は打たれ強く、しつこく迫ってくる。

大喧嘩となったが、驚くべきことに店にいる客達は誰もまったく気にすることなくそのまま酒を飲んでいる。

ここに来ている者達は皆、こんな喧嘩は見飽きているらしい。

——これはいかぬ。

柳之助はよく戦ったが、相手は四人で持て余した。

夢中で、太刀の鞘を揮《ふる》ううちに、背中と右腕に痛みが走った。

そこへ、門付けの女太夫が通り過ぎた、と思われた刹那《せつな》。

二人がその場に屈《かが》み込んだ。

女太夫は千秋で、すれ違いざまに、目にも止まらぬ早業で、二人の脾腹《ひばら》を的確に三味線の海老《えび》尾《お》の先で突いたのだ。

柳之助は、それを女太夫の仕業とは思わずぽかんとしたが、ひとまず二人相手なら楽である。

鞘で一人の横っ面を叩《たた》き、残る一人の胴をしっかりと突いた。

――旦那様もなかなかやる。

千秋はニヤリと笑って、目深に被《かぶ》った菅笠の下で、

「旦那、ひとまずお逃げなさい」

と、渋い声音で言った。

「そうだな……」

他の仲間が出てくると面倒である。

川辺へと駆け出すと、〝よど屋〟の勘兵衛と出くわした。

「おお、これは奇遇だな」

思わず素に戻ってしまった柳之助であるが、奇遇でも何でもない。

柳之助の危機を見てとった刹那。

千秋が助けに入り、お花は勘兵衛に急を報せる。勘兵衛は偶然を装い、柳之助を船に案内してその場から離れる。

予《あらかじ》め打ち合わせてあった通りの行動であった。胸騒ぎを覚えたのか、この時ちょうど勘兵衛は〝ろぢうら〟を探りに来ていたので、好都合であった。

勘が鋭い男なら、

——何かある。

と思うだろうが、柳之助は千秋に関することには一切の疑いは持たぬ男である。

「真に奇遇でございますが、さては何かあった由。うちの船がちょうど近くに停まっておりました。まずはそれへ……」

勘兵衛の言葉を天恵と捉え、二人で駆けて猪牙船に——。

件《くだん》の四人は店の前で伸びている。

千秋はそれには目もくれず、八丁堀への帰路についた。

勘兵衛は、柳之助を船に乗せると、

「今日は船宿にお泊まりくださいい。その折によければわたしにだけはお務めのことをお聞かせ願えませぬか」

そのように告げて、自分はまだこれから一仕事残っているので、後ほど船宿で会いましょうと、船頭に柳之助を託して小走りに立ち去った。そしてそこから勘兵衛は再び〝ろぢうら〟に出かけ、喧嘩を仕組んだのは〝痩せぎす〟と見て、この男の行方を追ったのだ。

何が何やらわからぬままに、柳之助を乗せた船は、夜の川面に漕ぎ出した。

——勘兵衛という叔父御は不思議な男だ。

船の上で興奮を抑えつつ、柳之助は考えた。

〝善喜堂〟ほどの大店の主を兄に持つ身であり、俠気に溢《あふ》れた男である。付合いも広く、あれこれと際どい局面も乗り越えてきたのかもしれない。

——とにかく頼りになる男だ。

このような親類がいるとは、自分にとってありがたい。

彼は素直に想いを馳《は》せていたのである。

その頃。

既に八丁堀の妻の姿に戻った千秋は、芦川邸へと近道をすり抜け駆けていったが、ふと細い小路で立ち止まった。

「どうなさいました？」

後に続くお花が首を傾《かし》げた。

「いえ……、行きますよ……」

先に続く道は、十分にすり抜けられるだけの幅員があるのだが、ひと働きした後に駆けると、そこは限りなく細く狭いものに見えてくる。

あの日。

〝将軍家影武芸指南役〟の娘として、千秋は、謀議の場を鎮圧せんとする御庭番《おにわばん》の助勢をした。

そして、無事に自分の役目をすませ、その場から逃れんとして、路地へ出た。ところが思わぬ敵の出現に遭い、勢いよく塀と塀との細い隙間《すきま》をすり抜けたところ、そこに体が挟まってしまった。

兄、喜一郎《きいちろう》が助けてくれたからよかったものの、下手をすれば敵に討ち取られていた。

その折の恐怖と、己が不覚への無念が、今、千秋の胸の内に蘇《よみがえ》ったのである。

——これではいけない。こんなことでは、旦那様のお役に立てない。

芦川家の組屋敷はもうすぐそこだ。

しかし、千秋の胸の鼓動は、なかなか収まりそうになかったのである。

第七章　潜入

（一）

芦川柳之助《あしかわりゅうのすけ》は、〝よど屋〟の猪牙船《ちょきぶね》に乗って、無事に船宿へと入った。

〝よど屋〟の船着場には、囲いが施されているゆえ、ひっそりと目立たぬように入ることが出来る。

「うまいものだ。助かったよ……」

ここまで巧みな艪《ろ》の捌《さば》きをみせた船頭を、柳之助は称《たた》えた。

主《あるじ》の勘兵衛《かんべえ》は、〝将軍家影武芸指南役〟の弟であり、いざとなれば船宿がひとつの砦《とりで》となる。

船頭もまた、有事の時の操船を心得ている。

蒟蒻島《こんにゃくじま》の盛り場で一暴れした後、ひとまずその場から逃れる柳之助が、安全に船宿へ入れるように、いつもと水路を変えたりするのはわけもないのだ。

愛妻・千秋《ちあき》が指南役の娘であるという秘事を未《いま》だに知らない柳之助であるが、

「世情に通じ、俠気《きょうき》溢《あふ》れた人」

と、千秋が評する勘兵衛が、次第に只者《ただもの》ではないと思えてきた。

「ささ、うちの旦那が戻ってくるまで、部屋で一杯やって、落ち着いてくださいまし」

船頭は、にこやかに応えて、女中に案内をさせた。

そして、この女中もまた、余計な口は利かず、実にきびきびとしていて気持ちがよい。

──いったいどういう男なのだ。

柳之助は、実に心強い味方を得たという喜びを覚えつつ、妻の叔父が謎めいていることに、えも言われぬ胸騒ぎがするのであった。

その、よど屋勘兵衛は霊岸島の東岸、大川端町《おおかわばたちょう》の夜道を歩いていた。

彼はつかず離れずに、痩せぎすの男の後を辿《たど》っている。

痩せぎすの男は、盛り場の居酒屋〝ろぢうら〟にいた遊び人である。

この店が怪しいと見て、密《ひそ》かに潜入していた柳之助は、つい先ほど四人組の破落戸《ごろつき》に絡まれて喧嘩《けんか》になり、こ奴らを蹴散らして一旦その場から逃れた。

勘兵衛は偶然を装って柳之助と出会い、自分が乗ってきた船に柳之助を乗せて、

「わたしはまだ一仕事残っておりますので……」

と告げて別れた。

この一仕事というのが、〝ろぢうら〟の様子を確かめておくことであった。

勘兵衛は、柳之助と出会う前、既に店の近くに潜んでいた。

そして、柳之助に絡んだ四人組が、痩せぎすの男と話しているのを見ていた。

となると、こ奴が気になる。

その後、先回りして柳之助を猪牙船に誘うと、自分はとって返し〝痩せぎす〟の動向を探ったのだ。

件《くだん》の四人が容易《たやす》く打ち倒されたのを見た〝痩せぎす〟は、まだ店の奥にいて忌々《いまいま》しそうな顔をしていたが、それからほどなくして店を出た。

こ奴こそ、芦川柳之助の探索に深く関わる男に違いない——。

とにかく居処《いどころ》を確かめておこうと、彼は後をつけた。

そうして、勘兵衛は今、大川端町の夜道を、気配を消しながら歩いているというわけだ。

〝痩せぎす〟はなかなかに用心深い男である。

路の端を歩かないのは、いきなりの襲撃を避ける心得であろう。

さらに、頻繁に道を曲がり、いつしか姿が見えぬようにしている。

すり抜ける細い路は、左右に迫る塀が低いところばかりである。

これは前後を挟まれた時、塀の向こうに跳び越えて逃れるためであろうと、勘兵衛は見た。

——だが、いくら用心深くても、おれからは逃れられねえぜ。

勘兵衛は夜陰に白い歯を見せた。

相手が心得た男であればあるほど、彼の血は沸き立ってくる。

〝影武芸〟とは、華やかな武士の嗜《たしな》み、心得である武芸、武術とは一線を画する。

武家が統治する国の暗部を、密かに掃き清めるために日夜勤める者が有する、必殺必中の武芸である。

時には姿を消し、気配をも残さぬ神業は、古《いにしえ》の修験道に通じるものだ。

子供の頃からこれを仕込まれた勘兵衛である。

町の酒場に潜む賊など、何ほどのものでもない。

やがて〝痩せぎす〟が、稲荷《いなり》社の並びにある藁《わら》屋根の鄙《ひな》びた仕舞屋《しもたや》に消えていくのを、勘兵衛はしっかりと確かめたのであった。

（二）

「恐らく、あの〝痩せぎす〟が、旦那が今、探索なさっていることに大きな関わりのある男だと思いますがねえ……」

勘兵衛は、船宿へとって返すと、これを芦川柳之助に伝えた。

「一仕事残っていたのではなかったのかな？」

船宿の一室で、喧嘩の時に出来た傷を女中に癒してもらっていた柳之助であったが、勘兵衛が女中を下げてからの報告に目を丸くした。

「ははは、一仕事は後廻《あとまわ》しにしましたよ。わたしはこういう御用聞きの真似事《まねごと》をするのが、子供の頃から好きでしてねえ」

勘兵衛は、そのようにごまかすと頭を掻《か》いた。

〝ろぢうら〟の前を通りかかると、道にのびていた破落戸達がやっとのことで立ち上がっているところで、

「あんな三一《さんぴん》ひとりに何てざまだ……」

忌々しそうに言った男が店を出ていったので、

「こいつは匂うなあと思いまして」

と、勘兵衛は経緯を述べた。

柳之助は、あきれ顔で、

「危ない真似をしなさんな」

と窘《たしな》めつつ、

――やはり只者ではないのかもしれぬ。

勘兵衛への疑念を新たにした。

だが、勘兵衛がとことん自分のために働いてやろうと思ってくれている真実は伝わってくる。

「芦川の旦那。とんでもなく危ねえ仕事をなさっておいでのようで、こうなったらわたしに御役目について教えていただけませんか。その方が、こっちもお助けの仕様も

あるってもんだし、これでなかなか、わたしも役に立つ男でございますよ……」

こんな風に、ことを分けて話をされると、下手な手先を雇うより、余ほど頼りになると思われて、

「そうだな……。今も助けられたばかりだ。こうなったら、義叔父《おじ》御を信じて、伝えておきましょう……」

柳之助は、いつもと変わらぬ誠実な物言いで、勘兵衛にこの度の任務について、ひと通り打ち明けたのである。

「左様でございましたか……」

勘兵衛は、ひとつ唸《うな》った。

竜巻の嵩兵衛《こうべえ》という盗賊一味がいることを、世情に通じている彼は、既に聞き及んでいた。

そして、あの〝痩せぎす〟を何者かと思って、咄嗟《とっさ》に後をつけておいた己《おの》が分別に満足を覚えていた。

〝将軍家影武芸指南役〟の弟として、武芸を身体に叩《たた》き込み、いくつかの修羅場を潜《くぐ》った勘兵衛も、このところは活躍の場もなく、いささか退屈していた。

それだけに、彼は今つくづくと、

――千秋は好《い》い旦那と一緒になったものだ。

心の内で思っていた。

「では、わたしが後をつけた男は、もしや、七軒の徹造という盗賊かもしれませんねえ」

勘兵衛は、確信を持ちつつ、おどおどした調子で言った。

「あるいは……」

柳之助が頷《うなず》いてみせると、やがて船宿に密偵の九平次《くへいじ》がやって来た。

ここを秘密の繋《つな》ぎ場にしてから、九平次は日に一度は顔を出していた。

九平次は、〝ろぢうら〟が怪しいと踏みつつも、そこは柳之助に託して、方々の盗人《ぬすっと》の動向を探っていたので、痩せぎすの男を見かけていなかったのだが、勘兵衛からその特徴を聞くと、

「住処《すみか》がわかったのなら、あっしが確かめに参りやすが、恐らく、その痩せぎすの野郎が、徹造に違いありやせん」

すぐに目星を付けた。

「やはり……!」

勘兵衛は驚いてみせたが、既に柳之助がこの先どうすればよいのか、自分の動きと

共に考えていたのである。

（三）

さて、千秋である。

彼女は、目にも止まらぬ早業で敵の二人の脾腹《ひばら》を突き、そのまま八丁堀へと引き上げたのだが、久しぶりに影武芸を使った興奮は、屋敷へ帰ってからも続いていた。

翌朝になると、叔父の勘兵衛からの密使がやって来て、

「こちらの旦那様は、お変わりございませんので、ご案じなさいませぬようにとのことでございます」

一通り、柳之助からの言伝を告げると、そっと勘兵衛からの文をお花に手渡した。

そこには、勘兵衛が柳之助から聞き出したことが綴《つづ》られていた。

勘兵衛は、柳之助に対しては、

「ゆめゆめ口外するものではございません」

と言いながら、千秋にすぐ伝えるのも気が引けたが、この場合は強い妻に伝えておいた方が柳之助のためになると、判断してのことなのだ。

「旦那様は、竜巻の嵩兵衛という賊を追いかけておいでなのですね……」

千秋は目に強い光を湛《たた》えると、そのままお花を連れて台所へと出向き、叔父からの文を竈《かまど》の火にくべた。

そして、声を潜めて、

「今の文によりますと、敵の懐に潜り込むおつもりのようですよ」

それは危険極まりないことだと、お花に告げた。

敵の懐に潜り込む――。

これは勘兵衛が、九平次と共に柳之助に献策したものであった。

あの痩せぎすの男が、七軒の徹造であれば、すぐに捕えて一味の企《たくら》みを白状させればよいかもしれない。

だが、そうすれば嵩兵衛は徹造を切り捨てて、この度の江戸での企みを、一旦取り止《や》めにするであろう。

手下の一人を捕えたところで、親玉は出てこない。それでは意味がないのである。

それならば何とかして相手の懐の内に入って、本丸を落すのが得策であろう。

しかし、それは確かに危険極まりないことである。

奉行所の方が動き出せば、それだけ竜巻一味が警戒の度合いを強めるであろう。

今は自分に任せてもらい、ここ一番のところで、大人数を繰り出して、一網打尽にする――。

それが何よりだと、柳之助は決心を固めたようだ。

考えてみれば、そんな危ないことを愛しの柳之助に勧めるなど、勘兵衛も酷《ひど》いとは思うが、勘兵衛、千秋、お花が総力をあげて助勢すれば、それほど恐れるようなものではあるまい。

勘兵衛はそのように考えたのに違いない。

悪戯《いたずら》好きの勘兵衛は、こういう捕物に興がそそられているのであろうし、自分達が助っ人をして芦川柳之助が大手柄を立てれば、これほどのことはない。

「ご新造《しんぞう》様にとっては、たかが盗人など、赤児の手をひねるようなものでしょう」

お花も血が騒ぐのであろう、千秋と八丁堀に越してきた甲斐《かい》があったと、言葉に力を込めた。

「お花、この度もまた、わたしと戦ってくれますね」

「言うまでもないことでございます。わたしの腕をご覧に入れます」

「ありがとう……。でも、盗人風情と侮ってはいけません。相手は天下に名が響いている賊です。どんな仕掛けをしてくるかもわからないのだからね」

「ぬかりはありません。ここは〝よど屋〟の旦那様からの次の報《しら》せを待ちましょう」

「その前にひとつ、しておかねばならないことが……」

「それは、いったい……」

「わたしは痩せる」

「え？」

「痩せねば、旦那様のお役に立てませんからね」

「痩せたら、旦那様が悲しまれますよ。ふくよかな女子が好みなのでしょう？」

「それはわかっています。でも……、痩せねば、気が入らない」

「今のままでも十分、お働きになれると思いますが」

「以前のしくじりが思い出されて、体が動かなくなっては困るのよ」

「以前のしくじり……？」

「お花は知らなかったわね」

「大変なお勤めをされた際に何かがあったとだけは、お聞きいたしましたが……」

「何もかもうまくこなしたというのに、その場から逃げ去る時に、塀と塀の間にね……」

千秋は、塀をすり抜けて走り去ろうとして、思いの外に隙間《すきま》が狭いところに勢いよくとび込み、体が前にも後ろにもいかなくなってしまったことを述懐した。

折悪《おりあし》くそこへ敵の追撃を受け、

「もはやこれまでかと、一時は覚悟をしたものです」

幸いにもその場は、自分を見守ってくれていた兄・喜一郎《きいちろう》が助けてくれたのでこと なきを得たが、

「狭い抜け道を見ると、今でもあの時の無念が甦《よみがえ》って、体が動かなくなる……」

と、千秋は目を伏せた。

「千秋様が、そのお体を塀と塀の隙間に挟んでおしまいになって、身動きもできずに……。ふふふ……」

お花は思わず笑ってしまった。

「笑うな！」

「も、申し訳ございません……。うふふふ……」

お花はおかしくてならなかった。

そのような思い出を引きずって、尚《なお》も夫のために戦わんとする千秋が、夫の好みに反してまでも痩せると言う姿が、何とも頬笑《ほおえ》ましかったのだ。

「花は、お痩せにならずともよいと思いますがねえ……」

お花は笑いを堪《こら》えて諫《いさ》めたが、千秋は大真面目で、

「旦那様とは、しばらくの間離れて暮らすことになりましょう。その間に心労のあまり痩せてしまった。それで好いわ」

「でも、どのようにしてお痩せになるのです。お食事を控えては力がでませぬが」

「少し控えるだけで、体を引き締めれば何とでもなるわ」

その術《すべ》は、既に父・善右衛門《ぜんえもん》から伝授されているのだが、

「もう、危ないお勤めに出向くこともないのだから、お前はふくよかで愛らしい娘でいておくれ」

と言われたので、封印していたのだと、千秋は言った。

「まず、それで千秋様のお気がすむのならようございますが……」

お花は頷きつつ、

「それにしても、塀に挟まったのが、余ほどお辛《つら》かったようですね。ふふふふ……」

笑いが込み上げて仕方がなかったのである。

「笑うなというに！」

千秋は、ぴしゃりとお花を叱りつけて、来るべき戦いに備えて、気合を入れ直した。

そしてその日から、密かに食を控え、体の肉を削ぎ落す、〝善喜堂痩身術〟に励む

千秋の姿があった。

（四）

「おう！　この前はおれによくも絡んできやがったな！　あん時はこっちも酔っていたから、そのままここを離れたが、今日は仕切り直しだ！　しっかり喧嘩を買ってやるから覚悟しろい！」

蒟蒻島の居酒屋〝ろぢうら〟で、目の覚めるような啖呵《たんか》を切ったのは芦田隆三郎《あしだりゅうさぶろう》こと、芦川柳之助である。

彼の前には、先日喧嘩を売ってきた件の四人がいて、迷惑そうな表情で顔を見合わせていた。

あの折は、そっと千秋が加勢していたのだが、千秋に倒された二人は、わけがわからない間に伸びていたので、四人共に柳之助には恐れを抱いていた。

それでも、物騒な店だと思って、もうここへはやってこないだろうと高を括《くく》っていたら今日の殴り込みである。

四人がどうすればよいかと考えてしまうのも無理はなかろう。

「旦那、そうかっかとしなさんな。この前のことはちょっとした行き違えがあったのさ」

「まず、ここへ座って一杯やっておくんなせえ」

ひとまず四人は、そう言って柳之助を宥めたが、

「行き違えだと？」

柳之助は、赤樫《あかがし》の杖《つえ》を手にしていた。

これは、剣術と杖《じょう》術を修めている柳之助にとっては真に強い武器となる。

峰打ちにするにしても、抜刀するとなると面倒であるが、この杖なら思う存分に戦うことが出来るというものだ。

「この野郎が！　何が行き違えだ！」

柳之助は、四人が腰を掛けている長椅子を杖で叩いた。

盃《さかずき》にしていた小ぶりの茶碗が砕け散った。

日頃は何かというと、

「ついてねえや……」

そんな泣き言を並べる甘口の男と見せていたが、一旦怒ると手がつけられぬ暴れ者に変身する芦田隆三郎――。これに成り切る柳之助は、まずこの酒場の顔にならんと

していた。

勘兵衛が後をつけ、その住処を突き止めた〝痩せぎす〟は、その後の九平次の調べで、

「間違いありやせん。奴は七軒の徹造ですぜ」

と、確かめられた。

勘兵衛は既に確信していたが、

「芦川の旦那、これはとんでもないお手柄になりますよ」

自分が突き止めた功を一切誇らず、すべては柳之助の手柄にしなければならないと、興奮気味にいったものだ。

柳之助はひとまず小者の三平《さんぺい》を使って、与力の中島嘉兵衛《なかじまかへえ》の耳に入れたが、勘兵衛と共に考えた通りの指図が、奉行所から返ってきた。

奉行所としてはすぐに徹造を捕え、一網打尽にしたいところだが、徹造を捕えたところで、肝心の嵩兵衛が引っ込んでしまえば何にもならない。

今は、敵の懐に入り、そっと繋ぎを取るように――。

それが奉行の意向である。苦しく危険な務めではあるが、柳之助を見込んでの命なのだ。奮闘を祈るとのことであった。

かくなる上は、徹造に近付くべきであろう。

それには、店で目立つのがよい。

「行き違えでいきなり四人で絡まれたら堪《たま》ったものじゃねえや！　それとも何かい？

おれがどこかの回し者とでも言いてえのか、この野郎……」

柳之助は徹底して、一旦怒ると手がつけられない暴れ者を演じた。

「おう！　好い加減にしねえか！」

店の奥から用心棒らしき浪人者が出てきて、

「調子に乗るんじゃあねえぞ」

と、凄んだが、

「やかましいやい！」

言うや否や、柳之助は浪人者の腹を杖で突いて、床に這《は》わせた。

件の四人組は戦慄した。

「誰でもいいからかかってきやがれ！」

柳之助はやにわに抜刀して、近くにあった行灯《あんどん》を真っ二つにした。

内心では、大勢で一斉にかかってこられたらどうしようと冷や冷やものであったが、
ここは相手の機先を制し、

「こいつとはやり合わねえ方が好い……」

そのように思わせるべきだと、いつものやさしい素顔をかなぐり捨てて、狂気を前面に押し出したのだ。

喧嘩は日常茶飯の居酒屋で、凶暴な連中がうようよいる〝ろぢうら〟も、

――こいつだけは相手にしねえ方が身のためだ。

と、誰もが思い、水を打ったように、静まりかえった。

四人は手を合わせて、

「旦那、勘弁してくだせえよ」

「そう怒らなくとも好いってもんだ」

「あっしらはあん時、しっかりと旦那に返り討ちに遭っておりやすからねえ」

「もう文句もいえねえでしょう」

口々に言って、とにかく宥めた。

「そいつは確かにお前らの言う通りだが、おれを四人で襲ったのは、何者かにけしかけられたからじゃあなかったのかい。おれはそいつが知りてえのさ……」

それを柳之助は、さらに睨《にら》みつけた。

破落戸四人は、痩せぎすの男が盗賊・竜巻一味の乾分《こぶん》だとは知らなかった。

考えてみれば、確かに酒を飲ませてもらったりしたものの、四人にとって痩せぎすの男は、ただそれだけの関わりである。

気に入らぬ男がいるから、痛い目に遭わせてやれと言って、祝儀をもらっただけなのだ。庇《かば》いだてする恩も義理もない。

彼らには、ちょっと羽振りの好い遊び人で、哲五郎《てつごろう》と名乗っている七軒の徹造が疎ましくなってきて、

「旦那の言う通りだ」

「旦那が〝ついてない〟ばかり言うから目障りだと言うのがいてよう……」

この際、何もかもぶちまけてしまおうと思った時であった。

「この四人をけしかけたのはおれだよ……」

店の奥から七軒の徹造が姿を見せた。

「手前《てめえ》がおれを痛めつけるよう、こいつらに頼んだのかい」

柳之助は徹造を睨みつけると、

「この野郎……、ただじゃおかねえぞ。まずわけをぬかしやがれ！」

赤樫の杖を手に、真っ直ぐに迫った。

「おいおい、そう突っかかっては話にならねえや。まず詫《わ》びるから、奥で一杯おごら

せておくれな」

徹造は、この狂犬のような男をまともに相手にせず、ひとまずやり過ごそうと、

「いや、お前さんが、あんまり景気の悪いことを言うもんだから……」

ちょっとからかってやろうと思ったのだと宥めつつ、奥の小座敷へと柳之助を誘ったのである。

柳之助は二人で小座敷へと入った。

出入り口は障子戸。三方の壁は入った正面に格子窓がある他は土壁になっている。

ここなら四方から襲われることもあるまい。

〝ろぢうら〟の外には、物売り姿の九平次と三平、そして勘兵衛が〝よど屋〟の手の者を要所に配しながら、柳之助にもしものことがあれば、店にとび込む覚悟でいた。

「おれは芦田隆三郎ってもんだ。御家人の部屋住だと言っちゃあいるが、親の代からの由緒ある浪人だ」

柳之助は、まずそのように名乗った。

「あっしは哲五郎っていうけちなもんでさあ」

七軒の徹造は、そのように応えた。

「哲五郎の兄《あに》さん、お前はけちなもんじゃあねえだろう。わざわざ人に小遣いをやっ

て、おれを痛めつけてやろうってえんだからよう」

「旦那の腕を確かめてみたくなった。ただそれだけですよ」

「確かめてどうしようって思ったんだ」

「あっしも色々とある身でしてねえ、恨みを買うこともありますから、見慣れねえ者を見かけると、腕のほどを確かめておきたくなるんですよ」

「確かめられる方は迷惑だ。このままですませるつもりなのかい」

「どうすれば気がすみます？」

「まず腕試しはどうだった」

「好い腕でしたよ。ただ……」

「なんだ？」

「怒るとこんなに厄介なお人とはねえ」

「あれだけ吠《ほ》えねえと、お前さんが出てこねえと思ったのでね」

「そんなら何かい？　旦那もおれが気になっていたってことですかい」

「そういうことよ」

柳之助は、はったりを言った。

徹造は話の流れで、この言葉を真に受けた。

「そんなら端《はな》から声をかけてくれたらよかったってものだ」

「あんたほどの男には、すぐに声はかけにくいからねえ」

「おれに何の用が？」

「何かうめえ仕事を回してくれねえかと思ったのさ」

「働き口を世話しろと？」

「そういうことだ。おれがあんたを付け廻っていたとでも思っているのか」

「さて、それはまだわからねえが、どんな仕事が望みだい？」

「知れたことよ。僅《わず》かな間に大金を摑《つか》める仕事さ。おれはなかなか役に立つぜ」

柳之助は、ニヤリと笑ったのである。

（五）

竜巻の嵩兵衛には闇が似合う。

歳《とし》の頃は四十過ぎ。尋常でない鋭い目付は明るいところで見られたものではないだろう。

行灯のほのかな明かりや、月夜に提灯《ちょうちん》で手下に会う。

昼間は手下でさえ、どこに潜んでいるのかわからない。

廻国《かいこく》修行中の武芸者であったり、托鉢の僧であったり、長崎帰りの医師であったり、その姿も多様なのが嵩兵衛という盗賊の首領なのである。

この日は田舎から公事に出てきた百姓に化けていて、日暮れてから馬喰《ばくろ》町の公事宿で、七軒の徹造と対面していた。

「そうかい。お前を何者かと見て、甘い汁を吸わせてもらおうと寄ってきたのだな」

ずしりと重い声音《こわね》であるが、口調も表情も田舎から来た本百姓のものになっているのは大したものであると、徹造はいつも感心させられるのである。

「へい。見た目は頼りなさそうな若造なのですが、これがなかなかの暴れ者でございまして……」

「腕はどうだ」

「中の上ってところでしょうが、使いようによっては役に立つかもしれやせん」

「何か裏がありそうか」

「そこまではよくわかりません。野郎の後をつけさせたのですが、いつの間にか消えていたとか」

「そいつはなかなか用心深い男だねえ」

「そういうところを見ると、何か手伝わせても好いような気がしますが……」

「なるほど。そうかもしれないな。所詮おれ達はその場限りの付合いで好いのだ。金さえ渡して、後は二度と会うこともない。そういう男の方が使い易いし、用心深い野郎なら、後で下手に捕えられて、こっちに累が及ぶこともなさそうだ」

「そんなら、使ってみますか」

「いや、それはどうかな。どこかの犬かも知れないのだから、ここはじっくりと考えないとねえ……」

人の好い百姓のおやじのように頬笑む嵩兵衛のその目は相変わらず、氷のように冷たく、寒々としていた。


「それで、旦那様は、その七軒の徹造とかいう男と……」

「はい。洲崎《すさき》の弁天《べんてん》様でお会いになるとか」

「では、いよいよ、盗人の頭目と会うことに?」

「いえ、まずは仲間に引き合わされて、何かを企むそうですよ」

千秋とお花は、八丁堀の組屋敷の台所で、ひそひそ話をしていた。

百日詣に出ると言っては屋敷を抜け出していた千秋であったが、このところは柳之

助が〝よど屋〟に泊まり込んでいるので、

「旦那様にお着替えと、料理などをお持ちいたしたいのです」

と、姑の夏枝《なつえ》に断って、外出をすることが出来るようになった。

お花を供に出かけるか、またはお花に託す時もある。

それでも直に船宿に行っては目立ちもするので、〝よど屋〟へは入らず、海賊橋《かいぞくばし》の袂《たもと》にある料理屋で、店の船頭に手渡した。

料理屋は船着場を持っていて、〝善喜堂《ぜんきどう》〟の馴染《なじみ》であった。

〝善喜堂〟に裏の顔があることまでは知らないが、娘の千秋が八丁堀同心の妻となったことを、主夫婦は知っている。

行くと、

「すっかり八丁堀のご新造様でございますねえ」

などと懐かしがってくれる。

「色々と御用に繋がることなので、同心の妻が来ているというのは内聞に願いますよ」

千秋がそのように断ると、

「左様でございますね。承知しました」

「そういうお心配りも大したものですねえ」

夫婦は感じ入ったものだ。

そもそも客の秘事は何があっても守り抜く店である。それ以後は、ひと通りの挨拶ですませてくれた上で、あれこれと便宜をはかってくれた。

しかし、〝善喜堂〟の箱入り娘であった千秋が、その頃からのお付きのお花と、恐るべき計画を遂行せんとしているとは、知る由もなかったのである。

勘兵衛は、かわいい姪《めい》の道楽に付合っているわけではない。

共に協力し合って、闇の大勢力に堂々と戦いを挑まんとしているのである。

季節は梅雨に入っていた。

雨が降ると、それだけ雨やどりに時をとられるので、屋敷へ帰るのが遅れても、夏枝を心配させぬ理由が出来る。

何ごとにも千秋にとって好都合に時が流れていた。

勘兵衛はすっかりと柳之助の信を得て、軍師気取りでいるようだ。

かつては盗賊の一味に身を置いていたという九平次も、

「〝よど屋〟の旦那は、随分と厳しい渡世を生きておいでのようですねえ」

と、感じ入っているらしい。

「若い頃にぐれて、勘当の身になりましてね。それでまあ、船宿の主になってから、兄さんに〝善喜堂〟との付合いを許してもらったのでございますよ」

勘兵衛は、そのように取り繕っているらしいが、千秋に報せる密書の字は、嬉《うれ》しそうに躍っていた。

――叔父さんは、本当に勘当されるかもしれないわね。

千秋は少しだけ、叔父を巻き込んだことを悔いていた。

〝将軍家影武芸指南役〟の一族は、皆がその薫陶を受けているだけに、軽々しく身に備わった武芸を使ってはいけないことになっている。

既にこれを駆使している千秋であるが、自分としては、

「これも同心の妻となった運命なのです。運命には逆らえません」

そのように思っているし、自分に付いて女中となったお花も、既に芦川家に仕える身なのだ。

正義のために密やかに武芸を発揮してもよかろう。

だが、勘兵衛はとにかくおもしろがっている。

昔から調子に乗って、父・善右衛門に叱責されてきた勘兵衛であるから、そこが気にかかるのだ。

それでも勘兵衛がついてくれているのは百人力である。

この度だけは、本人も楽しんでいるのなら甘えておこうと考えていたのだが、柳之助が、洲崎弁天で七軒の徹造らしき男と会うと聞くと、千秋は、

「ここはわたしに任せてください」

自らが出張ることに決めた。

相手も柳之助が何者か疑っているはずだ。

あまり男達が彼を見守っていると、それこそどこかの犬だと思われかねない。

そこは千秋であれば、怪しげな女と思われたとて、柳之助にもしものことがあったら助勢するために、付近をうろうろとしていたとは思われまい。

供にお花を連れていけば、勘兵衛との繋ぎ役にもなろう。

柳之助の話によると、相手の頭目に会わせてもらうための試験を課せられるようだとのことであるから、まず柳之助の身に危険はないだろう。

かと言って何が起こるかわからない。柳之助一人で行くには危険が過ぎる。

出ていくようなこともあるまいが、洲崎へは、そっと千秋がついていくことにしたのだ。

もちろん、そのことは勘兵衛しか知らない。

「お花、騒ぎを大きくしてはなりませんよ。旦那様もここが正念場。誰の助けも借りずに、きっとやり遂げられましょう」

千秋は勘兵衛と密かに会い、まず当日の段取りを打ち合わせることにしたのだ。

（六）

洲崎弁天社は、深川《ふかがわ》の南にあって海と水路に挟まれた、なかなかに風雅なところにある。

夏になれば、近くで水遊びをする町の者達が行き通い、人気の高い行楽地となる。

しかし、梅雨空の夜となると付近には誰もいない寂しいところとなる。

その裏手の松並木の土手に、芦川柳之助は白い帷子《かたびら》を着ながし、太刀を落し差しにした風体で一人立っていた。

「おう、一人で来たかい」

哲五郎と名乗る徹造が、乾分三人を連れて現れた。

三人は、竜巻一味の者である。〝ろぢうら〟で見かけた者が一人いたが、他は柳之助にとって初めて見る顔であった。

「おれが何人かで来てたら、お前さんはここには来なかったはずだ」

柳之助はニヤリと笑った。

ここまでは猪牙船で来た。

海と水路には〝よど屋〟の腕利きの船頭が控えている。そして、深川の喧騒に紛れて、九平次がここを窺《うかが》っているはずだが、今はどこに潜んでいるのかさえ柳之助は知らない。

海浜で船を降り、ここまで歩いて来たが、既に徹造の手の者は、浜を歩く柳之助の様子を確かめていたようだ。

「奴は一人のようですぜ。見渡したところ、怪しい野郎が辺りをうろついている気配はありませんね」

徹造はその報せを受けてから、件の松並木で柳之助と会ったのだ。

「何でもお見通しの旦那ってわけだ」

さすがに徹造も、この時社人《しやじん》に化けて境内の内に潜んでいた九平次が、柳之助の仲間とまでは気付いていなかった。

その辺りが柳之助にとってはしてやったりであったが、

「さて、手始めに何をすればよいのだ？」

柳之助は徹造に迫った。

とんでもない悪事の片棒を担がねばならない展開になるかもしれない。

だがその時はその時で、新たな策を練って切り抜ければよかろう。今はとにかく相手の懐に入ることだ。

「そいつをうまくこなせば、あんたのお頭に引き合わせてくれるんだろう」

わざわざこんなところまで呼び出したのだ。

哲五郎と名乗ってはいるが、徹造は何かのとっかかりをもたらすであろう。柳之助は不敵な笑みを浮かべてみせた。

「旦那、おれにお頭がいて、引き合わせようなどといつ言いやした」

柳之助は言葉尻を押さえられて臍《ほぞ》を噛《か》んだ。

確かに徹造に対して、好い仕事を回してくれと話したが、それは竜巻一家の徹造ではなく、〝ろぢうら〟の常連・哲五郎としてだ。

「お前さんほどの男だ。大きな後ろ盾があるに違《ちげ》えねえ……。そう思ったまでさ。そうなんだろう」

柳之助は何とか取り繕ったが、徹造は冷ややかな目を向けて、

「確かにおれには、大きな後ろ盾がある」

「へへへ、そうこなくてはいけねえや」

「その後ろ盾は、お前のような怪しい野郎には消えてもらうのが身の用心だと言いなさってな……」

　と、柳之助を睨みつけた。

　その刹那《せつな》、三人の乾分は、菰《こも》に包んだ長脇差《ながどす》を抜き放った。

「そういうことかい」

　柳之助は、徹造が自分を始末せんとするとは意外で、さすがにうろたえたが、ここは腹を決めて、

「おれを味方にせずに、殺しちまおうとは馬鹿な野郎もいたもんだ。言っておくが、死ぬのはそっちだぜ」

　柳之助は、かくなる上は斬《き》って斬って斬りまくってやると刀を抜いた。

　徹造はしたり顔で、

「こっちも言っておくが、ここにいるのは先だっての四人とはわけが違うぜ……」

　自らも懐に呑《の》んだ匕首《あいくち》を抜いた。

　それが合図のように、松並木からさらに二人の浪人風の新手が現れた。

　疑わしきは殺してしまえ――。

それが竜巻の嵩兵衛の考え方であった。

――当てが外れたか。

柳之助は歯嚙みした。

さすがは大盗・竜巻の嵩兵衛である。これだけの用心深さがあってこその悪名といえる。

彼は己が未熟を恥じたが、潜入については奉行所に報せてある。

ここで討たれたとて、やがて仇《かたき》はとってくれよう。

ただ、千秋にはすまないことをした。

激しく惹《ひ》かれあって一緒になって、まだ間もないというのに、こんな別れが待っているとは――。

――いや、何が何でも切り抜けてみせる。

千秋を思い出すと闘志が湧いた。

「死ね！」

新手の二人が斬り込んでくるのに、

「おのれ！」

柳之助は駆けつつ抜き合わせた。

同時に徹造達四人も襲いかかってきた。

ところが、四人のうち二人は、たちまち膝を抱えて地に這った。

いきなり現れた影が、手にした杖で二人の膝を打ちすえたのだ。

よく見ると、影の正体は女である。

御高祖頭巾《おこそずきん》を被《かぶ》った武家の女風であるが、その格好で飛ぶような動きが出来るとは恐ろしい。

女が千秋であるのは言うまでもない。

徹造達は、柳之助がどこかの廻し者で、その仲間が潜んでいるのではないかと注意深く弁天社の周囲を見張ったが、女にまで目が届かなかった。

もちろん供にお花がついていたが、何か異変のあった折は、勘兵衛に繋ぐ役目を負っていたため、今は松並木の陰に潜んで様子を窺っていた。

彼女はそれが堪らなく無念で、千秋が助勢したと見るや、千秋が打ったかのように見せて、針状の棒手裏剣を浪人者二人に放っていた。

「うッ……」

一人にはかわされたが、もう一本は残る一人の脛《すね》裏に突き立った。

柳之助は手裏剣をかわした相手の隙を見て、こ奴の足を斬った。さらに足に手を負った一人の利き腕を斬って、二人を戦闘不能にした。

しかし、余裕が出来ると影の正体が女だとわかり、

——もしや、あれは、千秋……。

と、目を疑った。

御高祖頭巾を被っていても、恋女房の気配はわかる。そういえば先日四人組に襲われた時も千秋を身近に覚えたような——。

そんな想いが一瞬頭をよぎった時、女は今一人の脳天を打ちすえ、徹造の足を払い、乾分が取り落とした長脇差を徹造の喉元に突きつけた。

そこで柳之助と目が合った。

——早まったかもしれない。

愛しい夫の危機と見て堪らずとび出したものの、これからを何としよう。

目を見開いて千秋を見つめる柳之助に、まず自分の強さが知れてしまったようだ。

「て、手前ら……やはり役人の犬か……」

徹造は唸《うな》った。

柳之助の危機は去ったが、これでは竜巻一味の懐には入れまい。

——でも、わたしが出なかったら旦那様の身が危なかった。

千秋はそう考えていた。

柳之助は、そんな千秋の心の乱れを感じたのか、

――やはり、この女は千秋だ。

と、確信した。

その時であった。

「七軒の、久しぶりだなあ……」

この場を見てとった、九平次が徹造の前に現れた。

「お、お前は、九平次……」

徹造は目を見張った。

九平次とは昔、一緒に盗みを働いたことがあった。そして徹造は、彼が今は隠密廻り同心の密偵になっているとは知らなかったのだ。

このところ姿を消した盗人が、こんなところで現れると、かえって怪しまれるかもしれないと逡巡《しゆんじゆん》したが、ここは勝負に出たのだ。

九平次は千秋とは面識がない。

これだけ見事な働きが出来る女が、この世にいるものか。いったい何者なのだと驚いていた。

しかし、九平次は勘働きが出来る。

女が柳之助と深い間柄と見てとっていた。

「七軒の、この二人を役人の手先と思ったのかい？　お前もやきが回ったもんだ」

「九平次……ってことは、お仲間かい……」

「へへへ、お仲間ってえとおこがましいが、この二人は、上方から名古屋、長崎、酒《さか》田《た》の湊《みなと》まで荒しまくる。御家人の隆三《りゆうざ》と……」

「あたしは情婦《いろ》の、春《はる》ってもんさ」

すかさず千秋は九平次に呼応した。

柳之助は呆然《ぼうぜん》として千秋を見ていた。声を聞けば尚さら妻とわかるではないか。

九平次は柳之助に落ち着く間を与えんとして、

「七軒の、考えてもみねえ、役人の手先に、こんな凄腕の姐《ねえ》さんがいると聞いたことがあったかい」

と、徹造に問うた。

「そいつはお前の言う通りだな……」

「だろう、へへへ、隆さん、姐さん、あっしもお仲間に入れてやっておくんなさいな」

「さて、どうするかねえ、お前さん……」

千秋はもう、賊の情婦に成り切っている。

——おれの妻は、いったい何者なのだ。

千々に心乱れる柳之助に、

「お前さん、まずどうするか言っておくれな」

千秋は言った。

柳之助は、あれこれと話は後にしようと思い決め、

「そうだなあ、九平次の兄《あに》さん、手を組ませてもらおうよ」

自らも成り切らんとした。

「そいつはかっちけねえ。七軒の、おれは知っているぜ。お前が竜巻のお頭の下で働いていることをよう。こうなったら、ここにいる三人を仲間にしてくれるよう取り次いでくんなよ」

九平次に言われて、徹造はたじろいだ。

「いや、そいつは……」

千秋はすかさず、

「あたしは不承知だね。こいつらは隆さんを疑って殺そうとしやがったんだ。一人残

らずあたしがあの世に送ってやるよ」

凄んで徹造の首の皮を軽く切った。

「わ、わかった……。そうとも知らず、お見それいたしやした……。あっしがお頭に繋ぎやしょう。それまで、ちょっと暇をおくんなせえ」

ついに徹造は承知した。

「よし、そんなら七軒の、頼んだぜ……」

と、柳之助。

「お前さんがそういうならわかったよ。ふん、命拾いしやがったよ……」

と、千秋。

「そうこなくっちゃあいけねえや」

と、九平次。

しとしとと雨が降ってきて、闇の声を消してくれていた。

三人は、ひとまず竜巻一味の懐に飛び込めるのであろうか。

千秋は、頭の中がこんぐらかっている柳之助の傍へと寄って、そっと彼の小指を握ってみせた。

「すぐにわたしと気付いてくれたのですね」

囁《ささや》く千秋に、

「当り前だ。だが、お前……」

「はい」

「随分と痩せたな……」

柳之助の口から、ふとそんな言葉が洩《も》れていた。

第八章　強妻

（一）

「明後日《あさって》の暮六《くれむ》つに、ここへ竜巻のお頭を連れて来てくんな。おれを始末しようとしたことを詫《わ》びろとは言わねえ。今度の勤めのお仲間にしてくれたらそれでいい。わざわざお出まし願うのは申し訳ねえが、お前の命を助けてやるんだ。それくれえしてもらったって罰は当らねえや……」

芦川柳之助《あしかわりゅうのすけ》は、そう言い置いて千秋《ちあき》と、九平次《くへいじ》を率いて、洲崎弁天《すさきべんてん》社裏手の土手から立ち去り、七軒《しちけん》の徹造《てつぞう》と別れた。

海辺には、勘兵衛《かんべえ》が手配してあった船が着けられていた。

〝将軍家影武芸指南役〟の弟が営む船宿の船頭である、夜陰に紛れ何者も寄せつけず、難なく江戸橋の〝よど屋〟に三人を運んだ。

柳之助は、千秋が恐るべき武術を身に付けていることをまのあたりにした興奮と驚きによって、しばし船上で呆然《ぼうぜん》としていた。

ひとまず千秋の助勢と九平次の機転で、命の危機から逃れられたばかりか、徹造に竜巻の嵩兵衛《こうべえ》一味に加われるよう取りはからうと誓わせることが出来た。

これほどの成果はなかったのだが、咄嗟《とっさ》に盗賊の情婦《いろ》を演じる凄腕《すごうで》の千秋をどう捉えたらよいのか、戸惑いのほうが大きいのも無理はなかった。

ふっくらとした和やかさが魅力の千秋が、ほんの少し見ぬ間にほっそりとして、凄みを体中に漂わせている。

——本当に千秋なのか。

いつの間にか、誰かと入れ替わったのではないかと、つくづくと見入ってしまうのである。

共に船に乗る九平次は、千秋が柳之助の妻であると、まだはっきり伝えられていなかったが、それは二人の様子を見ればわかる。

柳之助も千秋も、九平次に何と言えばよいかわからず、三人で盗人《ぬすっと》仲間を気取りながら船に乗った後、

「後で話をさせておくれ。今は、よくぞ出てきてくれたと、礼を言っておこう」

と、柳之助が頭を下げてみせ、千秋がこれに倣った。

「礼なんて、とんでもねえことでございますよ」

九平次はそう言ったものの、何とも居心地が悪いので、

「あれこれ理由がおありなんでしょうが、今は旦那の御新造《ごしんぞう》さんが、滅法腕の立つお人だと、心に刻んでおくだけでようございます」

と、笑いとばして水面《みなも》を見つめていたのである。

船宿に着くと、勘兵衛は柳之助と千秋を見て、

――こいつは何かあったな。

と、察して、九平次に目配せして一間へ下がらせると、夫婦を別の一間に案内して、そこへ自らも入って畏《かしこ》まってみせた。

「首尾は上々のようで……」

「お蔭《かげ》で敵の懐に転がり込めそうだが、そなたの姪《めい》があまりにも強いので驚いているところだ」

柳之助は心を落ち着かせながら、勘兵衛に疑問を投げかけた。

思えば、この勘兵衛が既に何者かと思う働きを見せてくれていた。

大店《おおだな》の扇店〝善喜堂《ぜんきどう》〟の次男坊で、放蕩《ほうとう》を重ねて勘当されたこともあると聞かされていた。それゆえ、世の中の裏側を知り尽くしていて頼りになるのだと思った。

しかし、千秋を見て、

――この血族には何か大いなる秘事が隠されているのではないか。

と、考えを新たにしたのである。

「千秋の強さをご覧になられましたか……」

やはりそうかと勘兵衛は柳之助を見てから、千秋に目をやった。

「旦那様と共に戦ってみたかったので、つい出しゃばったことを……」

千秋は悪戯《いたずら》を咎《とが》められた子供のような顔をした。

思わず口元が緩む柳之助を見て、勘兵衛は千秋の健気《けなげ》さに胸が熱くなった。

〝共に戦ってみたかった〟〝出しゃばった〟などという言葉を使って、懸命に夫を立てる千秋が、柳之助にはいじらしかったのであろう。

考えてみれば、夫婦になる前から、千秋は何度か柳之助をそっと助けていた節があると、気付いたようだ。

「千秋、出しゃばったとは思うておらぬ。おれはお前に命を救われたのだ。だが……」

柳之助は、千秋に感謝しつつ、かける言葉を探していた。

「だが……、芦川様は、自分の妻がこれほどまでに強いとは思いもよらず、戸惑うておいでなのでございますね」

勘兵衛が言葉を継いだ。

「いかにも……」

柳之助は、勘兵衛に助けを求めるように応えた。

「千秋が強いというのは、お気に召しませぬか？」

「そんなことはない。助けられてそれが気に入らぬというのはおかしな話ではないか」

「何故強くなったか。夫としては知っておきたいということでございますな」

柳之助は頷《うなず》いた。千秋は祈るような目を向けている。

「実はわたしもそうなのでございますが、〝善喜堂〟に生まれた者は、皆、武芸を仕込まれて育つのでございます」

「なるほど……。それには深い理由があるのだろうな」

「はい。すぐにでも理由を申し上げたいところなのでございますが、千秋にもわたしにも、己《おの》が一存でお伝えできぬ事情がございます。どうか今は、お許し願います」

「う～む……」

柳之助は唸《うな》った。

〝善喜堂〟は代々将軍家御用達を務める大店である。

その店に生まれた者が武芸を仕込まれるというのは、きっと将軍家に絡んだ事情があるのだろう。

恐らく、千秋も勘兵衛も身についた武芸を軽々しく使ってはならないのだが、自分の危機を見てとって、放っておけなくなったに違いない。

「二人の立場はよくわかった。その事情を御奉行は知っておいでか？」

しばし黙考した後、柳之助は訊《たず》ねた。

「知っておられると存じます」

「ならば、知った上で御奉行は、この柳之助と千秋が夫婦になるのをお認めになったことになる。妻の秘事を知った上からは、夫として理由を知りたくなるのは人情だ。九平次を遣いにやり、許しを乞うとしよう。お上の許しが出れば、詳しく話してくれるな。無論、他言はせぬ」

「畏れ入りまする……」

時宜を得た柳之助の言葉に、勘兵衛と千秋は、深々と頭を下げたのである。

早速、九平次はその意を含んで、南町奉行・筒井和泉守政憲《つついいずみのかみまさのり》への繋《つな》ぎを乞いに、与力・中島嘉兵衛《なかじまかへえ》の許《もと》へと駆けた。

柳之助と千秋は、〝よど屋〟の一間で一夜を過ごした。

「わたしをお嫌になられましたか」

千秋は柳之助の腕の中で、縋《すが》るような目を向けた。

「そんなことはない」

言下に否定した柳之助であるが、先ほど女天狗《てんぐ》かと思われるような動きを見せた千秋が、一変してしおらしい女になっているのが、不思議で仕方がなかった。

「色々な事情を抱えている千秋は、おれの妻になるような娘ではなかったというのに、どこまでも芦川柳之助を慕ってくれたのだ。〝善喜堂〟の事情を知ることができずとも、おれはお前を終生離さぬよ」

そして、二人で危機を脱した昂揚《こうよう》が改めて押し寄せてきて、千秋への想いが一層深まった。

「嬉《うれ》しゅうございます……！」

ぱっと花が咲いたように、顔を朱に染める千秋が愛《いと》しくて、柳之助はぐっと抱きしめたのであるが、

「千秋、ふくよかなお前が、ほっそりとしてしもうたが、これも事情のひとつか……」

と、寂しそうに言った。

（二）

九平次は、その夜のうちに中島嘉兵衛を訪ね、

「他言無用に願いますとのことでございます」

と、奉行への取り次ぎを頼んだ。

嘉兵衛は驚いて、竜巻一味召し取りに関わる大事と、奉行に面談を求めた。その上で、芦川柳之助の母・夏枝《なつえ》にも遣いをやって、千秋が夫の手伝いで船宿に泊まっていると告げ、安心させてやる気遣いをみせた。

騒々しい一日を終えた翌日。

〝善喜堂〟の主《あるじ》・善右衛門《ぜんえもん》に、南町奉行・筒井和泉守から呼び出しがあった。

何ごとかと出かける善右衛門であったが、〝将軍家影武芸指南役〟を務める身である。このような呼び出しには慣れている。

とはいえ、南町奉行所同心に千秋は嫁いだのだ。

――もしや娘のことでは。

という胸騒ぎがしていた。

参上すると、与力の中島嘉兵衛だけが控《ひか》える書院で、

「芦川柳之助が、盗人の一味に潜入をしているのじゃが、危ういところを、〝善喜先生〟の娘に助けられたそうな……」

和泉守に、いきなりそのように告げられた。

「千秋めが、出しゃばりましたか……」

或《あ》いはそのようなこともあるかと危惧していた善右衛門である。嘆息をして、

「弟の勘兵衛も与《く》したのでは？」

「いかにも。我が手の者が大いに助けられている。御老中もお喜びでござるぞ」

「お喜びに？」

〝影武芸指南役〟は、公儀にあっても〝知る人ぞ知る〟役儀で、〝善喜堂〟の者達は、その武芸を軽々しく使うことを固く禁じられている。

「お叱りを受けるものと思いましたが」

「いや、御老中は〝善喜先生〟の娘が、八丁堀に嫁ぎたいという話を聞いた時から、この度《たび》のことを望んでおいでであったとか」

老中・青山下野守《あおやましもつけのかみ》は、以前、何度も千秋を、幕府の諜報《ちょうほう》戦に駆り出し、一度は命の危険に晒《さら》させた。

それゆえ、何《いず》れかへ嫁いだ後は、平穏な暮らしをさせてやりたいと心に決めたが、

「千秋の腕は惜しい」

と、予々《かねがね》こぼしていた。

大盗・竜巻の嵩兵衛が、再び江戸に現れたとの情報があると聞けば、忘れていた千秋の腕のほどが思い出された。

ちょうどその折に、千秋が南町の同心を見染め一緒になりたいというのだが、どうしたものかと善右衛門から相談を受けた。

となれば、その結婚を認め芦川柳之助を探索に当らせたならどうなるか、

「旦那様のためなら、わたしはじっとしていられるものですか」

千秋はそう思って自ら戦いに身を投じるであろう。

そう思ったゆえに、青山下野守は、筒井和泉守に二人の結婚を認め、柳之助を登用

するよう、勧めたのである。

それによって、奉行所の何人かは〝善喜堂〟の秘事を知ることになるが、町の治安に役立つなら構うまい。

「つまるところ、御老中は千秋に無理強いはしたくはないが、千秋自らが望むなら、いたしかたがないと……。ずるい御方にござりまするな」

「いかにもずるい。さりながら、御老中はそれだけ〝善喜先生〟の娘を慈しんでおいでなのでござろう」

本気になれば、老中の権限をもって、千秋に出動を命じればよいのだ。あくまでも千秋の心を重視した、下野守ならではのやさしさであると和泉守は言うのだ。

善右衛門も、父親として千秋には平穏な暮らしを送ってもらいたかったが、妻の信《し》乃《の》は、

「千秋が愛しい旦那様のために戦うというなら、それがあの子の本望なのです。そうさせてあげればよいのです」

と、こともなげに言うであろう。

「よくわかりました。八丁堀へ嫁にやった上からは、千秋の思うままにさせてやってくださりませ。どれほどの盗人が相手でも、後れをとる娘ではござりませせぬ」

善右衛門はきっぱりと言いつつ、

——だが、御老中はずるい。

と、胸の内で呟《つぶや》くのであった。

（三）

竜巻の嵩兵衛に近付かんとして、嵩兵衛の乾分《こぶん》である七軒の徹造に始末されそうになった芦川柳之助を助けたのは、千秋と九平次であった。

しかしもう一人、影のように千秋に付き添い、闇から手裏剣を打って加勢したのが女中のお花《はな》であった。

千秋が徹造達を打ち倒して引き揚げた後も、彼女は千秋の意図を汲《く》んで、闇に潜んだまま徹造の動きを見ていた。

徹造は、千秋に杖《つえ》で打たれた足をさすりながらゆっくり立ち上がると、手負いとなった手下共を忌々《いまいま》しそうに見廻して、

「この役立たずが、どこかへ消えちまいな……」

と、吐き捨て、単身、夜道を歩き始めた。

一度手負いとなった者達は使えないと思ってのことであろうか。

とすると、竜巻一味の勤めは、さし迫っているのかもしれない。

お花は齢《よわい》十六といえども、そういう勘働きが出来る、千秋並みの女武芸者なのである。

彼女は徹造の後をつけた。彼は無防備であった。

まさかこれ以上、自分を狙う者もいまい。

千秋扮する、お春《はる》という名の女盗人に殺されそうになった衝撃は、徹造の冷静さを狂わせていたのだ。

それでも、盗賊の心得なのであろうか。徹造は駕籠《かご》を二度乗り替えて、本所柳原《ほんじよやなぎわら》町一丁目にある料理茶屋へと向かった。

もちろん、お花は何度駕籠を乗り替えられようが、徹造を見逃すことはない。

料理茶屋へ入った徹造を確かめると、さらに気配を消して、店の庭へと潜り込んだ。

すると徹造の姿が、離れ家に続く渡り廊下に見えた。

庭木の陰に隠れて近付くと、徹造がしどろもどろになって、何者かに話をしている様子が知れた。

あまり近付くと気取《けど》られる恐れがある。

よく見ると、離れ家の中が徹造のおとないによって賑《にぎ》やかになったようだ。中には見張りの者が数人いて、徹造が話すにつけて、中から外の様子を窺《うかが》う気配がし始めた。気をつけねばなるまい。

見つかったとて逃れる自信はあるが、それによって柳之助の計画に狂いが出ては何にもならない。

彼女はひたすら庭石のごとく植込みの中で動かず、聞き耳を立てたのである。

——これは徹造の、お頭への報告に違いない。

お花の勘は正しかった。

離れ家の中では、竜巻の嵩兵衛が徹造から、この夜の始末を聞いていた。

五人の手下が、芦田隆三郎《あしだりゅうさぶろう》と名乗る盗人に返り討ちにされたという。

隆三郎の情婦で、滅法強いお春というのが現れた上に、九平次という顔見知りの盗人まで出てきて、次のお勤めの仲間に加えてくれと言ったので、その場はひとまず別れたのだが、

「しくじったあっしが言うのも何でございますが、あの三人は使いものにならねえ五人の、何倍もの働きをするはずですぜ」

と、徹造は嵩兵衛に勧めた。

嵩兵衛は用心深い男である。

それゆえ、不意に寄ってきた芦田隆三郎なる浪人者を認めず、疑わしきは殺してしまえと徹造に命じた。

徹造に付けた五人の手下も、嵩兵衛が腕を見込んだ上でのことであった。

それが容易《たやす》く打ち倒されたというのは、嵩兵衛自身のしくじりである。

盗人の九平次の名は聞き及んでいた。その奴《やつ》が勧める芦田隆三郎と情婦のお春であるなら、

「それに乗ってみるか……」

と、嵩兵衛は肚《はら》を決めた。

仲間に加えないとなれば、その三人はどんな邪魔を仕掛けてくるかしれたものではない。

久しぶりの江戸での大仕事である。嵩兵衛にとっても引くに引けなかった。引けばこれまでの仕掛けが水泡に帰す。

「よし、こうなったら、その三人に会おうじゃねえか」

嵩兵衛は徹造にそのように告げたのであった。

身を潜めて聞き耳を立てていたお花に、これらの会話をすっかり聞き取ることは出

来なかったが、話の様子で竜巻の嵩兵衛は、柳之助の誘いに乗ったと知れた。

お花はそこでひとまず引き揚げた。

そして、彼女はまだしばらくの間、女盗人・お春となった千秋の影となって奔走することになる。

（四）

芦田隆三郎こと芦川柳之助と、情婦・お春こと柳之助の妻・千秋は、密偵・九平次と共に、再び洲崎弁天社裏手の松並木の土手へと出かけた。

あの日、七軒の徹造とその手下共を打ち倒し、見事に姿をくらましてから二日しか経《た》っていなかったが、柳之助と千秋の心の内は晴れ晴れとしていた。

老中・青山下野守、南町奉行・筒井和泉守、そして〝将軍家影武芸指南役〟にして〝善喜堂〟の主・善右衛門——。

その三人の同意を得て、柳之助に秘事のすべてを打ち明けた千秋であった。

柳之助は、〝将軍家影武芸指南役〟の存在を知らされて、愛妻・千秋への疑念がすべて解けた。

そして、生まれながらの運命に翻弄されつつも、見廻りの同心に惚《ほ》れ、その恋を成就させせんとした千秋を、今まで以上に愛《いと》おしく思うのであった。

かつて公儀からの要請で出動し、細い路地で塀と塀の間の目測を誤り、隙間《すきま》に体を挟まれ身動きが出来なくなった。

それ以来、その悪夢にうなされ、夫の危機を救うに当っては、痩せねば気がすまなくなったと打ち明けられた時は、

「不憫《ふびん》だなあ……。ことがすめば、またふくよかな千秋に戻ってくれ……」

と、涙さえ浮かべた。

以前、この話を打ち明けると大笑いをしたお花とは大違いだと、千秋は柳之助の寵《ちょう》を感じ、夢心地であった。

何よりも、夫婦の間で隠しごとをせずにいられるのが嬉しかった。

柳之助の母・夏枝、小者の三平《さんぺい》にも、千秋のことは芦川家の秘事として与力の中島嘉兵衛によって伝えられた。数少ない〝善喜堂〟の秘密を知る者の一人となった嘉兵衛は、大いに勇んで柳之助、千秋、お花不在の芦川家組屋敷を守るよう配下の者に命じたのであった。

夫婦で戦う――。

何と素敵な響きであろう。

千秋は天にも昇る心地であったが、柳之助はというと、嬉しい反面、明らかに自分より強い妻に助けられていることへの歯痒《はがゆ》さを覚えていた。

柳之助とて幼い頃から剣術に励み、それなりの腕前を誇っていた。

芦川家は自分の手で守る。市井の弱者の味方となって悪を討つ――。

その想いを胸に生きてきたが、役目ごと千秋に助けられることになるとは、苦笑いを禁じえなかったのだ。

だが、三人で敵の懐に潜り込むに当っては、八丁堀同心としての智恵を振り絞った。

お花の調べで、この日はいよいよ竜巻の嵩兵衛が出てくると報《しら》され、用心深い嵩兵衛をいかに欺くか考えたのだ。

妻に武略で引けはとっても、智略では勝っていようと心に誓ったのである。

土手にはまだ人影はなかった。

三人は、また襲ってくるのではなかろうかと身を引き締めたが、やがて五つの影が静かに近付いてきた。

お頭のお出ましにしては少ない人数であるが、ここに至っては騙《だま》しも何もなく、三人を受け容れようという意思表示なのであろうか。

「待たせたな……」

低く渋い声が暗闇に響いた。

乾分を両脇に従えた声の主が嵩兵衛なのであろう。背はそれほど高くないが、筋骨隆々たる体付き、闇に光る鋭い目は、頭目の貫禄十分である。

左隣にいるのが七軒の徹造、右にいるのが、小頭・風花《かざはな》の三蔵《さんぞう》だと九平次は見てとった。

「御家人の隆三に情婦のお春、それに九平次……、だな」

「そういうお前が、竜巻のお頭かい」

柳之助の盗人ぶりも様になってきている。

「おうよ。お前らの腕は大したもんだ。ふふふ、先だっては腕試しをしてすまなかったな」

「おれを始末しようとしたのは、腕試しだったってわけで？」

「まあそういうことだ」

「で、腕試しのほどは？」

「今度の勤めを助《す》けてもらうことにしたぜ」

「そうこなくっちゃあいけねえや。なに、さっさとすませて分け前をもらったら、すぐに消えちまいますよ」

「気に入ったぜ」

「で、狙いの的は？」

「蔵前《くらまえ》の札差〝山城屋《やましろや》〟だ」

「そいつは豪儀だ。あすこなら宝の山が眠っていらあ。で、いつ……？」

「今宵だ」

「今宵……？　そいつはまた忙《せわ》しねえことだ」

「この人数でですかい？」

九平次が続けた。

「盗人仲間にしちゃあ考えが浅《あせ》えや。おれの手下は、いつの間にか湧《わ》いてくるってもんよ」

「こいつはお見それいたしやした」

九平次が頭を掻《か》くと、

「心配するな。近くに仕度をする場は拵《こしら》えてあらあな。お前らの黒裳束《くろしょうぞく》もな」

嵩兵衛は不敵な笑みを浮かべた。

仲間にするなら、おかしなことを考える間を与えずにおく。それが嵩兵衛の信条なのだ。

「さあ、行くぜ……」

風花の三蔵が三人を促した。

「その前に……」

柳之助が言った。

「何か不足でもあるってえのかい」

徹造が苛《いら》ついた。

「ああ、その不足があるんだ。この中に一匹、どこかの犬が交じっているのさ」

「何だと……」

唸る嵩兵衛を尻目に、柳之助は千秋が手にしていた蛇の目傘を受け取ると、それを九平次に突き出した。

「おい、まさかおれを……」

九平次が顔色を変えて後退《あとずさ》りした。

「そのまさかだよう。もう少しで騙されるところだったぜ。手前《てめえ》はいつの間にか宗旨変えをして、南町の隠密廻りの手先になっているそうじゃあねえか」

「そ、そいつは何かの間違いだ……」

「間違いだと？」

柳之助は蛇の目をばっと開くや、その陰から抜き放った脇差を九平次の腹に突き立てた。

「うッ……」

悶絶《もんぜつ》する九平次の腹から白刃を引き抜くと、血しぶきが飛び散り、その血が蛇の目の傘を濡《ぬ》らし、柳之助の着物の汚れを防いだ。

九平次は逃れようとしたが、柳之助は土手から海へと蹴り落した。

さすがの嵩兵衛も呆気《あっけ》にとられて見ていたが、

「奴が隠密廻りの手先……」

「須川佐兵衛《すがわさへえ》……。お前さん方が襲った人じゃあねえんですかい。おれに任せてくれていりゃあ、仕損じることはなかったものを……」

「そうだな……」

嵩兵衛はうっかりと呟いた。

柳之助は聞き逃さない。これで隠密廻り方同心・須川佐兵衛を襲ったのは、竜巻一味の仕業と知れた。

九平次を殺したのは、もちろん芝居である。

この夜、いよいよ嵩兵衛と会うことは、与力・中島嘉兵衛の耳には入れてあった。

しかし、ここで捕えるにはそれなりの人数がいる。

本当に嵩兵衛が来るかどうかわからぬところへ大勢を伏せ、それに敵が勘付くことがあれば、また一からやり直しになる。

お花が徹造と嵩兵衛が会っているのを突き止めた料理茶屋も、お花の通報で奉行所配下の者がそっと様子を窺ったが、嵩兵衛は既に消えていたという。

神出鬼没の嵩兵衛を、手下と共に捕えるのは、やはり竜巻一味が押し込んだところを召し取るのが何より確実である。

そうして、海の藻屑《もくず》と消えたはずの九平次は、近くの岸辺に待機している手先に、嵩兵衛の押し込み先を告げる。

手先は、深川《ふかがわ》一帯に散り散りになってその時を待つ、南町の捕方に報せ現場へと駆けつける――。

その計画が、この夜いよいよ柳之助の潜入によって実行されるのだ。

しかし、柳之助の誤算は、まさか会ったその日に勤めに加わるという流れになるとは思ってもみなかったことであった。

中島嘉兵衛は、他の与力と相談の上、配下の者を数人一組にして、奉行所の詰所を拵えて待機していたが、あまりにも急な伝達になるゆえ、なかなか足並が揃うまい。

柳之助と千秋は、何とかして時を稼ぎたかった。

嵩兵衛に付いて行くと、柳之助と千秋は船に乗せられて、深川十万坪と呼ばれる広大な開拓地の一隅に建つ出作り小屋に連れていかれた。

ここが盗人宿になっていて、柳之助と千秋が着る黒裳束も手渡された。

黒の筒袖の着物に裁付袴《たつつけばかま》。腰に結《ゆわ》え付ける物入れまで添えてあった。

柳之助は腰に脇差、背中に太刀《たち》を負い、千秋は帯の後ろに鍔《つば》のない一尺二寸（約三六センチ）の小脇差を差した。これは初めから持参した刀である。

仕度をしつつ、

「お頭、〝山城屋〟を襲う段取りを教えてもらえませんかねえ」

柳之助は訊《たず》ねたが、

「段取りも何もねえや、引き込みが木戸を開ける、押し入って奉公人達が騒がねえように押さえつけて、蔵からお宝を奪う、それだけよ」

嵩兵衛はさらりと応えた。

「それにしたって、どこでどう動けばよいか教えておいてもらわねえと、おれとお春は足手まといになりやすよ」

「ははは、二人の腕がありゃあ、こっちは百人力だ。小頭の三蔵についていてくんな」

「で、小頭の指図に従えと……」

「まあ、そういうことだ」

三蔵は能面のように表情の無い男だが、ほんの少し口の端を綻ばせて、

「よろしく頼むぜ、隆三《りゅうぞ》の旦那、姐《ねえ》さん……」

柳之助と千秋にひとつ頷いた。

「よし、行くぜ」

江戸の夜は今宵もふけていく——。

嵩兵衛の合図で、一味の者は小屋を出て、船に分かれて乗った。

柳之助と千秋は三蔵と同じ船に乗ったのだが、その折に嵩兵衛が、

「ひとつ言っておくぜ。〝山城屋〟を狙うつもりだったが、的を変えることにした」

と、意外な言葉を口にしたのである。

（五）

辺り一面が漆黒に染められた小名木川《おなぎ》を、数艘《そう》の船が行く。

柳之助と千秋は、困ったことになったと目配せをした。

千秋は気丈に、

「小頭、いきなり的を変えたのは、あたし達が信じられないからですかい？」

と、低い声で問うた。

三蔵は表情を変えず、

「さて、お頭が考えていることはおれにもわからねえ。敵も味方も欺きながら、思うように勤めをこなすのが、竜巻のお頭よ」

と、告げた。

「大したもんだ……」

柳之助は感心してみせたが、それは本音であった。大盗人と謳《うた》われる者は一筋縄ではいかない。まだ、同心としての経験が浅い柳之助は思い知らされた。

そして、ここに千秋がいるのが心強かった。

——何とかせねばならない。

奉行所の捕方は、既に蔵前へと集結しているはずだ。

すると、千秋が柳之助を睨《にら》むように見て、

「そういやあ、お花って女がいたっけ」

と、意味ありげに言った。

「船に乗っているってえのに、陸《おか》からあたし達の後をついてきたあの女さ」

柳之助は、千秋が何を告げようとしているのかと、不審に思ったが、

——そうだ、お花がいた。

と、気付かされた。

お花は何があっても、柳之助から目をはなさぬように陰から見ていた。今この瞬間も、船を密《ひそ》かに追いかけているはずだ。

「おい、こんなところで何を言い出すんだよう……」

柳之助は、執念深い女だと千秋と痴話喧嘩《げんか》のふりをしながら、

「二人で何としても持ち堪《こた》えよう」

と、目で伝えた。

もしかすると、二人共命を落してしまうかもしれない修羅場に向かっている。

死なば諸共――。

互いの身分や事情を乗り越えて一緒になった柳之助と千秋である。深く結ばれた絆があれば恐いものなど何もない。

二人はそういう純情を共有する、美しい夫婦であった。

――お花、頼んだよ。

祈る二人の前に、深川の木場《きば》が見えてきた。

堀割に囲まれたこの地には、材木問屋の豪邸がいくつもある。

「〝信濃屋《しなのや》〟だな……」

風花の三蔵が言った。どうやら小頭の彼さえ、はっきりと報されていないのだろう。

既に数軒の屋敷に引き込みが入っていて、嵩兵衛が直《じか》に繋ぎをとり、同じ刻限に木戸の前で待機させる手はずらしい。

「よし、行くぜ」

三蔵について、柳之助と千秋は船を降りた。

驚いたことに、方々から黒裳束の竜巻一味の手下達が湧いて出てきた。

嵩兵衛が動くと、つかず離れず目的地まで辿《たど》り着き、一斉に合流して勤めをこなす。

それがこの盗賊の身上なのだ。

総数はどれくらいいるだろう。

「二十人てところだねえ……」

千秋が呟いた。敵の人数の把握も、影武芸には含まれている。

「さすがは姐さんだ……」

三蔵がふっと笑った。

千秋によって、何度も大きなヤマを踏んだ盗人夫婦の体裁がついた。

目指すは材木問屋の大店〝信濃屋〟である。

身を屈めながら嵩兵衛と一味の者は、〝信濃屋〟裏手の木戸に近付いた。

「キョッ、キョッ、キョッ……」

徹造が夜鷹《よたか》の鳴き真似《まね》をした。

すると、音もなく木戸が開かれる。

雪崩《なだれ》を打って、手下共が中へ入った。

三蔵について柳之助と千秋が続いた。

――裏をかかれた！

この様子を高く積まれた材木の陰から認めたお花が歯嚙《はが》みした。彼女も蔵前の〝山城屋〟へ押し入るものと思っていたが、ここまで柳之助と千秋に影となって付いてきた結果がこれである。

──よし！

彼女は脱兎《だつと》のごとく走り去った。蔵前に集結せんとしている南町の捕方にこれを報せねばならなかったのだ。

勝負は、いかに早く捕方をここへ連れてこられるかである。

見たところ相手は二十名。柳之助と千秋が二人で倒せる数ではない。

──旦那様、お嬢様、どうぞご無事で。

祈りながらお花はひたすら駆ける。

（六）

〝信濃屋〟の中は、異変に気付いた者達で騒然となったが、手馴《てな》れた乾分共は十数人で、奉公人達を刃物で脅し、一所に押し込んだ。

柳之助と千秋の仕事は、蔵の前に駆けつけた用心棒二人を倒すことであった。

用心棒を倒すのに手間取ると、斬らねばならなくなる。

千秋は己が術のすべてを揮《ふる》い、正面から迎え撃つ柳之助に気を取られる二人の側面から滑り込み一人の足を小脇差で払い、もう一人の懐に入り、柄頭《つかがしら》で鳩尾《みぞおち》を打った。

柳之助はこれに呼応して、足払いをかけられた一人に当身をくらわせ、捕縛術を駆使して、二人をたちまちのうちに縛りあげた。

「斬っちまえばいいだろう……」

三蔵は怪訝《けげん》な顔をしたが、

「何かを聞き出すのにこいつらが要るかもしれねえぜ」

柳之助は囁《ささや》いた。

「なるほど、いつでも始末はできるな……」

三蔵は二人の手際に感心して頷いた。

そこへ徹造と数人の乾分達が、この店の主を引きずるように連れてきた。

嵩兵衛は悠々と近寄り、

「さあ、蔵の錠をあけてもらおうか」

と、告げた。

白刃に囲まれて、主は震える手で蔵の頑丈な錠前に鍵を差し込んで開錠した。

「よし、御家人の。これで主殿も用済みだ。息の根を止めてくんな」

嵩兵衛は、震えて声も出ない主を見ながら柳之助に言った。

「殺すのかい……？」

柳之助は、まずいことになったと嵩兵衛を見た。

「とかくこういう物持ちは、後になってから、あの盗人を捕えてくれるならいくらでも金は出します。なんてことをほざくものよ。そういう後腐れをなくすのがおれの流儀よ」

「なるほど、それがお頭の流儀か……」

南町の連中はまだ来ない。だからといって、ここで自分が盗人に襲われた家人を、竜巻一味になりきって殺すなど出来るはずもない。

柳之助はちらりと千秋と目配せをして、

「そんなら仕方がねえな……」

柳之助は主の胸倉を摑《つか》むと、開いた蔵の中へ放り込み、再び扉を閉めた。

千秋がそれに素早く錠をおろし、二人は蔵の前で仁王立ちとなった。

「誰も殺さねえのがおれ達の流儀よ……」

「さすがはお前さん……」

千秋は、やはりこの人と夫婦になってよかったと、迷いなく正義を貫く柳之助ににこりと頰笑《ほおえ》んだ。

「手前、いってえ何の真似だ。ここの主一人の命を守るために、儲《もう》け話をふいにして、ここでおれとやり合おうってえのかい」

まさかこ奴らはくわせ者だったのかと、嵩兵衛は仲間にしたことを悔やみ、怒りを顕《あら》わにした。

——いってえ何者なんだ。

盗人の流儀が違うからと、命をかけるだろうか。どこかの廻し者なら、こんな無謀な真似はするまい。その不気味さに加え、どこまでも恋を貫く男と女の姿を見せつけられて、ますます腹立たしくなったのだ。

「手間ァかけるんじゃあねえや。早いとこ蔵を開けやがれ！」

「やかましいやい！　お前みてえな下衆《げす》野郎の言いなりにはならねえぜ！」

「さあ、鍵はここだよ！　取り返してごらんな！」

千秋は、柳之助の啖呵《たんか》を惚れ惚れと聞くと、錠前の鍵が結えてある紐《ひも》を首からかけた。

「野郎！」

とかかる嵩兵衛の手下を、千秋は容赦なく小脇差で斬った。

たちまち二人が、高股《たかもも》と利き腕に深手を負い、動けなくなった。

柳之助も太刀を抜いて横に薙《な》ぎ牽制《けんせい》すると、

「目を瞑《つむ》って……」

千秋は頃やよしと、こんなこともあろうかと持参していた焙烙玉《ほうろくだま》を懐から取り出し、傍《そば》に落ちていた手燭《てしょく》の火を点《つ》け、前に群がる敵へ投げつけた。

激しい炸裂《さくれつ》と共に、中から目潰《つぶ》しの粉が辺りに飛び散り、盗人共の目を眩《くら》ませた。

その機に乗じて、千秋は柳之助を促して駆けた。

そして母屋へとび込むと、奉公人達を制圧していた手下達が何ごとかと出てきたところへ、棒手裏剣を打ちつけつつ駆けた。

これがおもしろいように賊共の足に突き立ち、連中がよろめくところを、柳之助が一人一人峰打ちに倒していった。

「さあ早く逃げて！」

千秋は柳之助と共に奉公人達を表へと逃げさせて、再び庭へと出た。

そこは目潰しをくらい屈《かが》み込んで目を押さえる手下共で溢《あふ》れていた。

かくなる上は、稲を刈るように手下共を叩《たた》き伏せ、嵩兵衛を縛りあげてやろう。

――見たか！　影武芸の力を。

叫び出したい気持ちを抑え、

「旦那様、仕上げと参りましょう」

千秋は力強く言った。

「お前は日の本一の妻だよ」

柳之助は頷き返すと、二人で蔵の前へと出た。

ところが、さすがは竜巻の嵩兵衛である。

目潰し玉を読んでいたのか、粉煙を逃れて、いつの間に捕えたのか、〝信濃屋〟の主の孫娘と思《おぼ》しき、幼い子供に白刃を突きつけていた。

「隆三にお春か……。お前らは大したもんだ。だがなあ、人を殺さねえのが流儀ならここまでにしな。さあ、早く錠前の鍵をよこしやがれ」

嵩兵衛は薄ら笑いを浮かべていた。

柳之助と千秋は地団駄を踏んだ。

まだ南町の捕方は到着しない。

「まず刀を捨てろ！」

風花の三蔵が、竹筒に入れた水で目を洗いながら凄んだ。

七軒の徹造を始め手下共は、目潰しの痛手から次々と回復していた。

「仕方がない……」

柳之助は、千秋の耳許で、

「お前だけでも逃げてくれ……」

と囁いてから太刀を前に捨てた。

千秋は嵩兵衛を睨みつけながら、

「ふん、それで勝ったつもりかい？」

と、嘲笑《あざわら》いながら言った。

「お前にその子は殺せないさ」

「なめるんじゃあねえや。小さな首を落すなんざ、わけもねえぜ」

嵩兵衛は、白刃を泣き叫ぶ子供の首筋に当てんとした。

ところがその刹那《せつな》、子供を抱える左手が動かなくなって地面に取り落した。

嵩兵衛の背後の大屋根の上から放たれた半弓の矢が左の腕の付け根に深々と突き立ったのだ。

矢を放ったのは、千秋の叔父・勘兵衛であった。

千秋はニヤリと笑った。

さらに疾風のごとく現れたお花が子供を拾い上げ、千秋と柳之助の傍へと寄った。

「お花！　でかしたぞ！」

柳之助が興奮して叫ぶと、

「て、手前……。殺せ！　殺せ！」

嵩兵衛は痛みを堪《こら》えながら、手下に号令をした。

「おうッ！」

手下共が勢いを取り戻して、殺到せんとした時であった――。

「南町奉行所である！　一同の者、神妙に縛《ばく》につけ！」

待ちに待った、与力・中島嘉兵衛の大音声と共に、方々から捕方が駆け込んできた。

「しめた……」

柳之助は放心してよろめいた。

それを千秋が確《しか》と支え、

「旦那様、お手柄でございますね」

満面に笑みを浮かべた。

「お前のお蔭だよ。おれは何と強い妻を娶《めと》ったのであろう……。千秋……」

「はい」

「今日からまた、ふくよかに、な……」

笑い合う夫婦の横で、お花の腕の中の子供も笑った。

大屋根の上の勘兵衛の姿は、いつしか消えていた。

南町奉行所同心・芦川柳之助に、隠密廻り方同心への就任の命が下ったのは、この三日後のことであった。

（七）

かくして、竜巻の嵩兵衛一味は潰滅した。

芦川柳之助は、隠密廻りとして日々市井に通じ、南町奉行・筒井和泉守に、悪人共の噂《うわさ》や、近頃民衆に流行《はや》るものなどを報せる日々。

とはいえ、別段大きな事件もなく、芦川家には平穏な時が過ぎていた。

秋となり千秋もふくよかさを取り戻した。

母の夏枝も、小者の三平も、千秋の秘事を知り驚いたが、柳之助にとって何よりも強い味方が現れたのは喜ぶべきことであり、この秘密は八丁堀でも知る人はほとんどいない。そういう秘事を共有するのは誇らしく、一家の結束もさらに強くなった。

秋も深まるある日のこと。

千秋は柳之助に諮《はか》って、屋敷の庭に桜の木を二本、寄り添うように並べて植えた。

これは〝善喜堂〟から贈られたものだ。

やがて二本の桜の木は大きくなり、根は地中で絡まり合い、力強く美しい花が咲くであろう。

その花を毎年皆で眺めて幸せを確かめ合う。

千秋らしい幸せの求め方であった。

さて、来年は美しい桜花を咲かせてくれるであろうか。

お花は喜々として庭の手入れに励んでいる。

真《まこと》に幸せな日々であった。

夫婦の間に隠しごとがないと、これほどまでに充実するものか。

柳之助は、つくづくとそう思った。心やさしき夫は、千秋が妻になったことで、自分が危ないところに身を置かねばならなくなったとは考えなかったのである。

千秋は柳之助と並んで濡れ縁に腰かけ、頼りなげに立っている二本の桜の木を見つめながら、

「旦那様、こうやって何かを育てていくというのは、楽しゅうございますねえ」

小娘のような弾んだ声で言った。

「ああ、夫婦で育む……。そのうちおれ達の子を育てねばな」

柳之助は、新たに生まれ出《い》づる生命に思いを馳《は》せる。

千秋はぽっと顔を赤らめて、

「はい、それはもう……。でもどうしましょう。子を宿したら、旦那様のお手伝いができません」

「当り前だ。身重の体で影働きができるか」

「その間は、どうぞ何ごとも起こりませぬように」

「言っておくが、次にまた大事が起こったとしても、余ほどのことがない限り、じっとしているのだぞ」

「わかっております」

「御奉行やお偉方は、お前の腕をあてにしているようだが、次はおれ一人でやり遂げてみせる」

「はい。千秋は出しゃばったまねはいたしませぬ」

千秋がきっぱりと言い切った時、

「旦那様、よろしゅうございますか」

という三平の声がした。

「おう、どうした？」

柳之助の三平への受け応えも、八丁堀同心としてさまになってきた。

三平が小腰を折りつつやって来て、

「九平次親分が来ております」

新たに柳之助の手先となった九平次のおとないを告げた。

「ここへ通してくんな」

柳之助が迎えると、九平次は庭先で畏まり、

「中島様がお呼びでございます。恐らく御奉行様から何かお達しがあるようで……」

と、低い声で繋ぎを入れた。

「それは一大事！」

元気よく立ち上がったのは千秋であった。

「あら……、これはわたしとしたことが……」

呆れ顔で見る男達の視線を覚えて、彼女は決まり悪そうに、

「はい、出しゃばったりはいたしませぬ。ほほほほ……」

高らかに笑った。

八丁堀の強妻は、果してまた、痩せねばならぬ時を迎えるのであろうか。

爽《さわ》やかな秋の日射《ひざ》しが、二本の桜の木をやさしく照らしていた。

小学館文庫
好評既刊

勘定侍 柳生真剣勝負〈一〉 召喚

上田秀人

ISBN978-4-09-406743-9

大坂一と言われる唐物問屋淡海《おうみ》屋の孫・一夜は、突然現れた柳生家の者に御家を救えと、無理やり召し出された。ことは、惣目付《そうめつけ》の柳生宗矩《むねのり》が老中・堀田加賀守《かがのかみ》より伝えられた、四千石の加増にはじまる。本禄と合わせて一万石、晴れて大名となった柳生家。が、大名を監察する惣目付が大名になっては都合が悪い。案の定、宗矩は役目を解かれ、監察される側に立たされてしまう。惣目付時代に買った恨みから、難癖をつけられぬよう宗矩が考えた秘策が一夜だったのだ。しかしなぜ召し出すのが商人なのか？　廻国中の柳生十兵衛も呼び戻されて。風雲急を告げる第１弾！

小学館文庫
好評既刊

突きの鬼一

鈴木英治

ISBN978-4-09-406544-2

美濃北山三万石の主百目鬼一郎太の楽しみは月に一度の賭場通いだ。秘密の抜け穴を通り、城下外れの賭場に現れた一郎太が、あろうことか、命を狙われた。頭格は大垣半象、二天一流の遣い手で、国家老・黒岩監物の配下だ。突きの鬼一と異名をとる一郎太は二十人以上を斬り捨てて虎口を脱する。だが、襲撃者の中に城代家老・伊吹勘助の倅で、一郎太が打ち出した年貢半減令に賛同していた進兵衛がいた。俺の策は家臣を苦しめていたのか。忸怩たる思いの一郎太は藩主の座を降りることを即刻決意、実母桜香院が偏愛する弟・重二郎に後事を託して単身、江戸に向かう。

小学館文庫
好評既刊

徒目付 情理の探索
純白の死

青木主水

ISBN978-4-09-406785-9

上司である公儀目付の影山平太郎から命を受けた、徒目付《かちめつけ》の望月丈ノ介は、さっそく相方の福原伊織へ報告するため、組屋敷へ向かった。二人一組で役目を遂行するのが徒目付なのだ。正義感にあふれ、剣術をよく遣う丈ノ介と、かたや身体は弱いが、推理と洞察の力は天下一品の伊織。ふたりは影山の「小普請《こぶしん》組前川左近の新番組頭への登用が内定した。ついては行状を調べよ」との言に、まずは聞き込みからはじめる。すぐに左近が文武両道の武士と知れたはいいが、双子の弟で、勘当された右近の存在を耳にし——。最後に、大どんでん返しが待ち受ける、本格派の捕物帳！

――本書のプロフィール――

本書は、「STORY BOX」二〇二一年四月号～五月号、七月号～十二月号に掲載された作品を加筆改稿したものです。

小学館文庫

八丁堀強妻物語《はっちょうぼりきょうさいものがたり》

著者　岡本《おかもと》さとる

二〇二二年二月九日　初版第一刷発行

発行人　石川和男
発行所　株式会社　小学館
〒一〇一-八〇〇一
東京都千代田区一ツ橋二-三-一
電話　編集〇三-三二三〇-五九五九
販売〇三-五二八一-三五五五
印刷所──大日本印刷株式会社

この文庫の詳しい内容はインターネットで24時間ご覧になれます。
小学館公式ホームページ　https://www.shogakukan.co.jp

ISBN978-4-09-407119-1